Presented by
九十九弐式
すかいふぁーむ
◆
Illustration
伊藤宗一
JN054257
《経験値分配能力者》
ポイントギフターの
異世界最強ソロライフ
~ブラックギルドから
解放された男は
万能最強職として無双する~

CONTENTS

イルミナ

イルミナ
エルフの国で暮らすルナシスの妹。
王女の使命として、エルフの森へ
魔力を捧げて国を守る役目を担う。

ルナシス
レナード
フィルド
ポイントギフター
“経験値分配能力者”のスキルを持つ
所属ギルドから追放されてしまうのだ
そのあと、最強クラスの実力を手に
自由なソロライフを送ることを決意す

バハムート
クロード

ルナシス
“剣聖”と呼ばれるほどの剣の腕前を持つ。
陰ながらトップギルドを支え続けていた
フィルドの才能に気づき、慕っている。

ダッシュエックス文庫

ポイントギフター《経験値分配能力者》の異世界最強ソロライフ

~ブラックギルドから解放された男は万能最強職として無双する~

九十九弐式

すかいふぁーむ

第一章【ポイントギフター突然の追放！】

「フィルド。お前はもう必要ないんだ」

俺——フィルドはギルドマスターのクロードから突然そう告げられる。

奴は黒髪で長髪の嫌味な男だ。オールラウンドに活躍できる高レベル魔法剣士であることを鼻にかけていた。

「な、なんだって！　せ、説明してくれ！　どうして俺が必要ないんだ！」

ギルド『栄光の光』に所属している俺は【ポイントギフター】として何年も貢献してきた。

しかし理不尽にも突然そう告げられた。

「聞こえなかったの？　私たちはもう十分に強くなったの。ギルド『栄光の光』は、国内のトップギルドに成り上がったわ」

彼女の名はドロシー。魔女のような恰好をした美女だ。強烈な魔法を放つ魔法使いであり、自分の魔法と美貌を鼻にかけている嫌味な女だ。

「もう皆、レベルもマックスに近い。これ以上の経験値は必要ねぇ！　なんたって俺たちは既に最強なんだからなっ！」

筋肉質の剣士風の男は言う。彼の名はボブソン。一撃でどんなモンスターをも屠（ほふ）る物理攻撃の剛剣を放てることを鼻にかけている。嫌味な男だ。

「そう。僕たち、『栄光の光』にとって何もできない君はお荷物なんだよ」

眼鏡（めがね）をかけた少年は言う。彼の名はカール。回復術士（ヒーラー）だ。どんなにＨＰが減っても一発で回復させられることを鼻にかけている。嫌味な男だ。

ギルドの役員たちは完全に驕（おご）っていた。

「本当にいいのか？」

「え？　何がかしら？」

「俺のポイントギフターのスキルは、経験値を分配するだけじゃなく増加も……」

「経験値を増加したから何なのよ！　だって私たちのレベルは既にもうマックスに近いのよ！　これ以上の経験値は必要ないわ！」

「そうだ！　俺たちは既に最強なんだ！　これ以上の経験値は必要ねぇ！」

「所詮（しょせん）はレベル１の雑魚（ざこ）冒険者でしかないフィルドの【ポイントギフター】なんて無用の長物（ちょうぶつ）なんだ」

ギルドマスター、クロードも告げてくる。

「本当にいいのか？　俺がいなくなるとスキルで増加してた経験値を返してもらうことになるんだ。ギルドもお前たちも大変なことになるんだぞ！」

「クックック！　アッハッハッハッハッハッハ！　見苦しい言い訳だ！　そんな嘘八百を並べてまで、我がギルド『栄光の光』に残りたいのか！」

「哀れね。どこにも行く当てがないからって、必死にしがみついてきちゃって」

「本当にいいのか？　いいんだな？」

「いいから早く出ていけって。もうここにお前の居場所はないんだから」

「そうそう。お前みたいな役立たず雇ってる金でさ、うちは他所からエースを引き抜いたんだよ」

「そうよそうよ」

ギルドマスターも役員も好き放題に罵ってくる。

「そうか」

元々そうだったが、さらに嫌気が差した。もはや決定的だった。

俺は何年も貢献してきたつもりだったが待遇はよくならず、こき使う道具としか思われていなかった。

経験値がマックスになったら俺を無用の長物とばかりに切り捨てようとしているのだ。

こんなギルド、俺から辞めてやる！　俺はギルドからの離脱を心に決めた。

「わかったよ！　辞めてやるよ！」

「ええ。その言葉を聞きたかったわ」

「長い間お勤めご苦労さん。クックック」

「せいぜい、飢えて野垂れ死にしないようにな。退職金もゼロだからな。クックック」

「お金がなくなったら、物乞いでもして過ごせばいいんじゃない？　きっとお似合いよ」

「おいおい。可哀想だろ、ドロシー。本当のことを言っちゃ」

「そうですよ。真実は時に人を傷つけるものです」

「くっ……！」

散々な言われように俺は表情を歪めた。

こうして【ポイントギフター】である俺はギルド『栄光の光』を去った。

◇

だがこの時、ギルドマスターも役員たちも気づいていなかった。

俺がギルドを去ったその直後、国内トップの成績を上げ続けていたギルド『栄光の光』は崩壊の危機に直面することとなるということに。

◇

「ちぇっ。なんだよあいつら……、俺が今までどれだけギルドの役に立ったかもわかってないみたいだな。全部自分たちの手柄（てがら）だと思ってやがる」

ギルド『栄光の光』を追い出された俺は街道をひたすら歩いていた。

「言った通り、貸してた経験値を返してもらうからな」

こうして俺は【ポイントギフター】として貸していた経験値を返してもらうことにした。

「経験値返却（ポイントリターン）」

俺は経験値を返却してもらう呪文（じゅもん）を唱（とな）える。

その時だった。

『LV（レベル）がUPしました』『LVがUPしました』『LVがUPしました』『LVがUPしました』
『LVがUPしました』『LVがUPしました』『LVがUPしました』『LVがUPしました』
『LVがUPしました』『LVがUPしました』『LVがUPしました』『LVがUPしました』
『LVがUPしました』『LVがUPしました』『LVがUPしました』『LVがUPしました』
『LVがUPしました』『LVがUPしました』

どこからともなく、壊れたように同じセリフを繰り返す声が聞こえてくる。神の声とでもいうやつか。

これはLVがUPする時の音声だ。

その声はしばらく鳴りやまなかった。

俺はステータスを確認する。

「にしても、随分とギルドでスキルを使ってきたけどどのくらい戻ってくるのか。こんなに⁉なんだ‼　このステータスは‼　こんなステータス見たことがないぞっ！」

俺のレベルは今まで1だった。だが、今のレベルは驚くほどに高いものであった。

レベル170⁉　見たこともない数字だぞ……。

確か国内最強と言われていた騎士団長でもレベルは100に達してないはずだ。

ギルド『栄光の光』の幹部も同じく、二桁後半がいいところ……。

そもそも

攻撃力：3735

防御力：3450

魔力：3212

体力：3111

こんなステータスの数字見たことがない。攻撃力最強だったギルドメンバーでも2000程度だったはずだ。

そうだ。これがポイントギフターの能力だ。

ポイントギフターは所属する団体の経験値を一度預かり、それを増幅した上で働きに応じて任意に分配する能力である。

この力で俺は幹部陣を優遇しながらギルドを大きくしていった。

だが、【ポイントギフター】である俺が返却(リターン)を命ずると、それぞれが自分で溜(た)めた経験値分しか能力がない状態に戻り、増幅分は全(すべ)て、俺に戻ってくる。

今まで『栄光の光』の連中に貸し与えていた経験値が俺の元に返ってきた、というわけだった。

俺は返ってきた経験値のおかげで思った以上に強くなった。

「よし!」

ブラックな労働環境を抜け出したことで、逆に将来の展望に希望が持てるようになった。

色々な明るい考えが思いつくようになってきた。

これだけのステータスがあれば、騎士団に入ってもすぐにエースになれる、騎士団はギルドで働くより安定していて憧(あこが)れる人も多い仕事だ。

いやギルドでエースをはったほうが稼(かせ)ぎはいいかもしれない、これだけの力があればどんなギルドでも……それにもう一度ポイントギフターとしてギルドの裏方に回るのもありか、別にこの仕事が嫌いなわけじゃない。

なんだったら自分でギルドを作ってしまえば……?

いやでも、どうせいつでもなんでもできるのなら、もっとこう……前からやってみたかったことを全部やってからでもいいかもしれない。

食べたことないものを食べて、見たことない景色を見て、自由に寝て自由に起きて！　そんな生活をしよう！

そして叶えたい夢や希望をひとつずつ叶えていくことにした。

「一つ目の夢は……そうだな。ドラゴンの肉を食べてみたい！　これだっ！」

一度でいいからレアモンスターであるドラゴンの肉を食べてみたいと思っていた。強力なモンスターであるドラゴンが相手でも、経験値が返ってきて桁違いのレベルになった俺ならきっと勝てるはずだ！

俺はまずドラゴンの出没情報を集めるために王都に向かうことにした。

◇【追放者サイド】

「いやぁ、かの有名なルナシス様に我がギルドに来ていただけるとは」

ギルドオーナーであるクロードは美しい女性を嘗め回すように見ながら接待をしていた。剣聖ルナシス・アークライト。金髪の美しい少女ではあるが、見た目が良いというだけではない。剣聖の名に恥じない天下一とも言える剣の腕を持ち、他のギルドでエースとして活躍していたのである。

「ちょっと、デレデレしすぎよ。クロード」

女性であるドロシーは焼餅を焼く。基本的に美人は自分以外の美人に優しくない。嫉妬するのだ。

「仕方ねぇだろ。こんな美人見せられちゃあよ。これで剣の腕まで立つんだから言うことないぜ」

クロードはルナシスに聞こえないように小声で言う。

「しかし、これで我が『栄光の光』はさらに安泰ですね」

カールがメガネをクイっと上げながら言う。

「そうだ！　最強の俺たちに、最強の剣聖であるルナシス殿が加入してくれれば、言うことなしだぜ！　最強×最強で、俺たち『栄光の光』は無敵のギルドになれるぜ！」

ボブソンは筋肉をみなぎらせる。だがなぜか、前よりも迫力を感じなかった。

「ひとつよろしいでしょうか？」

「はい。なんでしょう？」

彼女は飲んでいたコーヒーをテーブルに置く。

「このギルドの成長の陰にはポイントギフターの存在があったはずです。もちろん幹部待遇だろうと思いますが、今はどこかに出かけておられるのでしょうか？」

ギルドの幹部たちは凍りついた。

「早く会ってみたい、そのためにここに来たのです」

「ポイントギフターって、フィルドのことかしら？」

「そう、フィルド様のことです」

「フィルド様……!?」

「ごめんなさい。フィルドの奴は今、私用で休んでいるところなの」

「そうなのですか……残念です」

　こうして幹部たちは剣聖ルナシスの接待を終えた。

「どうするんだ!?」

「どうするのよ!?　フィルドの奴追い出しちゃったじゃない!?」

「どうするもこうするも……フィルドを戻すか？」

「いや、フィルドに払っていた金でなんとか移籍《いせき》してもらったんだぞ!?」

「くそ……なら他のエースを放出してフィルドを……」

「いやよ！　なんであの役立たずにまたお金を出さないといけないのよ！」

「喧嘩《けんか》しないでください！」

「お前たちはどうなんだよ？　フィルドを戻すべきか？　戻さざるべきか？　いずれにせよ、

このままフィルドが休んでるって嘘をいつまでもつき続けられるとも思えねぇ」

「だからって、なによ！　なんで一度追い出した奴を戻さなきゃいけないのよ！」

「おい。よせよ。ここは目立つ。他のギルド員も見てるだろ」

「そうね。ちょっと場所を変えましょうか」

意見がまとまらない幹部たち。

その不穏な空気をギルド員たちは感じていた。そしてその不安は後々現実のものとなっていくのである。

◇【フィルド視点】

「ここが王都か」

俺は王都アルテアを訪れた。

「すげー、大勢の人だな」

王都は多くの人で賑わっていた。人間は元より、獣人などの亜人種も散見された。様々な人種が行き交い、バラエティに富んでいる。

「っと、まずは王立の冒険者ギルドに行ってドラゴンの情報を聞かないと」

俺は早速王立の冒険者ギルドへ向かう。

『栄光の光』は私立ギルドで、ギルド員はいわばそこに勤めるようなイメージだが、王立ギルドは比較的緩（ゆる）やかで誰でも情報を得られる集会所のような役割を果たしているのだ。

ドラゴンは国にとっても厄介（やっかい）な存在。

近くにいるなら喜んで情報くらい提供してくれるだろう。

◇

「いらっしゃいませ!!　王立冒険者ギルドへようこそ!!」

ギルドに入ると受付嬢の快活な声が聞こえてくる。

「まずはこの受付表にご記入ください」

俺は受付票に名前などの必要情報を書き入れる。

「へぇ。フィルド・アレクトリアさん。最近冒険者になられたんですね。ご用件はなんでしょうか!?」

「ドラゴンの情報が欲しいんです！」

「ドラゴンの情報、ですか？」

受付嬢はきょとんとした顔になる。驚いているようだ。

「え、ええ！　俺、ドラゴンを食べてみたいんです！」

「くっくっく！　あっはっはっはっはっはっは！」

　その時だった。隣にいた冒険者が大笑いをし始めた。筋肉が隆々とした大男だ。恐らくは戦士系の職業ジョブについているのであろう。

「ドラゴンだって⁉　いきなり現れて馬鹿みたいなこと言いやがって！　おまえみてぇな雑魚がでしゃばってくるんじゃねぇ！」

「えっと……誰だ？　あんた？」

「俺はここの冒険者ギルドで長いこと活動している。実力のある冒険者の名と顔は大抵頭に叩き込んでるんだよ。この俺ですらドラゴンなんて怖くてとても相手にできそうもない。てめぇなんか相手になるかよ」

「試してみるか？　おっさん」

「へっ。恐怖のあまり泣き喚いて小便ちびるなよ」

　大男はポキポキと指を鳴らし始めた。

「いくぜえええええええええええええええ！　おらあああああああああああああああああああああああああ！」

　単純な攻撃。右腕を振り上げ、振り下ろすだけの雑なパンチ。経験値が戻ってきて、レベルが上がった俺の素早さだったら避けるのは造作もない。

　パンチが空を切る。床が粉砕され、大穴が空いた。

「なに!?　消えただと!?」

「遅いぜ。おっさん！」

「ぐ、ぐあっ！」

アッパーカットがアゴに命中する。

大男は吹き飛んで昏倒した。

「すごい……こんな一撃で倒せるなんて。あなたならドラゴンを退治できるかもしれません！」

受付嬢は驚いていた。あの大男のレベルはわからないが、50もいっていないだろう。無理もなかった。

「ドラゴンの情報ですが、この王都アルテアを出て北に伸びる街道の先、ノーチラス地方の山岳地帯に出現情報が出ています」

「ノーチラス地方の山岳地帯だね。ありがとう！　受付嬢のお姉さん！」

俺は一人山岳地帯を目指す。

「あっ！　待って！　一人では危険です！　ドラゴンは危険なモンスターなんです！　パーティーを組んで慎重に戦わないと！」

「大丈夫だよ!!　お姉さん！」

俺は一人で山岳地帯へ向かう。

◇

「本当に一人で行っちゃった」

受付嬢は茫然としていた。その時だった、ギルドにある連絡が舞い込んだのは。

「はい。王立ギルドです。えっ！　本当ですか!?　フィルドさんなら今しがたここにいらしてましたけど」

連絡用の魔晶石で受付嬢は会話をしていた。

「はい。ええ!?　フィルドさんってあのトップギルド『栄光の光』のメンバーだったんですか!?　どうりでお強いはずですっ！　はい。フィルドさんならドラゴンの出現情報を聞いたらすぐにギルドを出て行かれましたけど」

やり取りが終わる。トップギルド『栄光の光』からフィルドを見つけたら連絡してくれという旨の連絡が入ってきたのだ。

「まさか、フィルドさんがあの『栄光の光』の元メンバーだったなんて。け、けど大丈夫かしら。一人でドラゴンに向かっていくだなんて」

受付嬢はそう言って心配していた。

◇

【追放者サイド】

「ぐあっ！」

ギルド『栄光の光』の鍛錬場での出来事であった。一人の男が吹き飛ばされた。

闘っていたのは剣聖ルナシスである。彼女の剣は流麗であると同時に豪快でもあった。相手の男を一切寄せつけず、圧勝した。

「い、いやぁ！　流石は剣聖ルナシス様！　素晴らしい剣の腕前です！」

クロードは手放しに絶賛した。そうせざるを得ない。闘って負けたのはギルド員なのだ。そこを否定すると自らのギルドが劣っていると認めることになる。

「そうでしたか……」

ルナシスは詰まらなそうに呟くのみであった。実際落胆しているのであろう。だが心優しい性格だからか、「この程度」とまでは口にすることはしない。

だが何となくその気のない表情からそう思っていることを察することができた。

ドロシーはクロードを陰に連れ込む。

「どうするのよ！　いくら剣聖ルナシスでも一方的にやられすぎじゃない？」

「そ、そうだよなぁ。流石は剣聖ルナシスだけど、ボコボコにやられすぎだよな。俺たちの『栄光の光』だってトップギルドなんだぜ。当然そのギルド員だってトップクラスの戦闘員だってのによ」

「全くですね。これでは我々『栄光の光』の威厳を保てません」

そうカールは呟く。

「全くだ！　その通りだ！」

ボブソンが同意する。

「ボブソン、お前いくか？」

「いや、俺は遠慮する！」

「なぜだ？　相手が剣聖ルナシスだからビビってんのか？」

「い、いや。そうではない。それもあるかもしれない。だが何となく俺は嫌な予感がするんだ」

「嫌な予感か……」

クロードは呟く。

「それでクロードさん」

「はい!?　なんでしょう！　ルナシス様！」

「フィルド様はいつお戻りになるのでしょうか？」

「も、もうすぐです！　もうすぐ帰ってきます！　あいつは今長めの休暇をとっていて！」

クロードは冷や汗を流していた。

「そうですか。早くお戻りになられればいいのですが」

「どうするのよ！　いい加減誤魔化しきれないわよ！」

「そ、それもその通りだ。やり過ごすのにも限界がある！」

「クロードさん！　ドロシーさん！　聞いてください！」

　カールが慌てて駆け寄ってくる。

「今情報が入ってきました！　フィルドの奴、北の山脈に向かっているそうです。王立の冒険者ギルドからそう連絡が入りました」

「北の山脈だって!?」

「これはチャンスじゃない!?　クロード!?」

「チャンス!?」

「フィルドの奴、もう死んだってことにすればいいんじゃないの？　そうすればポイントギフターのフィルドにご執着の剣聖ルナシス様も諦めてくれるんじゃない？」

　ドロシーはその性格の悪さが滲み出た、意地悪な笑みを浮かべた。

「そ、そうだな！　そいつは名案だ！　死人に口なし！　あいつはなんだかんだ自分からギルドをやめていって、それで北の山脈で野垂れ死んだってことにしちまえばいい！」

「ええ！　その通りよ！」

「でもよ。あいつをどうやって殺すんだ!?」

「決まってるじゃない。私たちはトップギルド『栄光の光』のメンバーよ。あんなポイントギフター一人始末するのは簡単なことじゃない!?」

「そうだな。その通りだ。俺が行こう」

クロードが名乗り出た。

「わかったわ。クロードが行くなら安心ね。私も行くわ」

ドロシーがそれに続いた。

「ふっ。我が『栄光の光』のツートップ。最強にして万能(ばんのう)の魔法剣士クロード殿と最強にして強大な魔力を持つ大魔導士ドロシー殿がタッグを組めばあんなポイントギフターの雑魚一匹、ひとたまりもありません」

カールは眼鏡をくいっと上げて言う。

「そうだな！　なにせこの二人は我がトップギルド『栄光の光』のツートップ！　数々のモンスターを倒してきた伝説的タッグなんだからな！」

「へっ！　あんな雑魚ポイントギフター！　瞬殺してやらぁ！」

クロードは意気込む。

「私までは必要ない。クロードだけで十分だと思うけど。念には念をってことで同行させてもらうわ」

こうして二人はフィルドの暗殺を目論(もくろ)み北の山岳地帯へと向かっていく。二人は余裕綽々(しゃくしゃく)だった。

だが二人はこれまでの強さがポイントギフターであるフィルドの恩恵だったとは、この時はまだ知る由もなかったのである。

◇【フィルド視点】

俺は浮き浮きな気分で北の山岳地帯へと向かっていった。そんな時だった。

「ん？　なんだ？　あの人だかりは!?」

目の前に数人の男たちがたむろしていた。見た感じ、どうやら商人のようだ。

「聞いたかよ！」

「ああ！」

「ドラゴンの出現でこの街道通れないらしいぜ！」

「マジかよ。近道だったたんだけどな。仕方ねぇな！　遠回りだけど別の道で行くか」

「だよな。仕方ないよな」

商人たちが困り果てていた。

「おじさんたち、どうしたの？」

俺は尋ねる。

「ああ。この先でドラゴンが出たらしいんだ。だからこの先の道は封鎖されてて通れないんだ」

「だったら、俺が行って倒してこようか？」

「な、なにを言っているんだ⁉　だって君は一人きりだろう！」

「そんなんでドラゴンを倒せるわけないだろう！」

「んっ‼　待てよ‼　君の紋章‼　その服の紋章！　それはトップギルド『栄光の光』のものだろ！　間違いない‼　君はあの『栄光の光』のギルド員なのかい⁉」

「ああ。元だけどね」

　嘘は言っていない。ポイントギフターとして虐げられてきたが、ギルド員であったことに一点の曇りもない。

「ほ、本当かい⁉　それは‼」

「『栄光の光』っていえばトップギルドだろう！」

「その『栄光の光』のギルド員ならドラゴンを倒すことだって不可能じゃないかもしれねぇ！」

　いや、だから元だけど、元。まあいい。

「頼む！　この道は近道なんだ！　遠回りすると何日も時間をロスすることになるんだ！　この街道を通れるならそれに越したことないんだよ！」

「任せといてくださいよ。商人のおっさんたち！」

「ああっ！　頼む！　景気づけにこいつを持って行ってくれ！」

　俺は商人のおじさんに何かを渡される。袋だった。

　俺は少し開けて匂いを嗅いでみる。

強烈な匂いがした。嗅ぐだけで辛味が脳に伝わってくる。

「これ……まさか貴重な香辛料じゃ!?」

一袋でいくらになると思ってるんだ……!?　この山岳地帯でしか採れない貴重な香辛料だぞっ！

「ああ！　ドラゴン倒してくれるってんなら安いもんだ」

「ここら辺で取れる珍しい香辛料だ。俺たちはその香辛料を運んでいたってわけさ」

「ありがとう！　商人のおっさんたち！」

「ああ！　期待してるぜ！　坊や！」

俺はテンション高く、北の山岳地帯を登っていく。

◇【追放者サイド】

長い時間をかけて北の山脈にクロードたちはたどり着く。クロードとドロシー及びトップギルド『栄光の光』のギルド員数名で構成されたフィルドを亡き者にするための暗殺部隊である。

考えた末にクロードたちはフィルドと会うのを待ち望んでいる剣聖ルナシスに対して、フィルドを亡き者にして有耶無耶にするという強引な作戦に出たのだ。まさしく死人に口なし、にしようとしているのである。

「ぜぇ、はぁ」

「ぜぇ、ぜぇ、はぁ」

皆、息を切らしていた。肩で息をしていた。

「おかしいわね。私たちってこんなに体力なかったかしら？」

「だ、だよな。なんかえらく疲れているもんな。他のギルド員も」

クロードとドロシーは疑問に思った。以前よりも異様なほど疲れやすくなっているのだ。まるで体力が低下したような。

それは他のギルド員も同様であった。皆、山岳地帯へ向かっているだけなのに疲れ果てている様子だ。

「ん？　なんだ？　あれは？」

「人が集まってるみたいね」

「どうやら商人のようだな」

「ええ」

「話を聞いてみましょう」

クロードたちは商人たちに話しかけてみることにした。

「おい！　おっさんたち！」

「ん？　なんだ？　お前ら」

「おっさんたちはなんだ？　商人か？」

「商人だが、それがどうした？」

「なんで集まって突っ立ってるんだよ？　この街道、これ以上先には行けないのか？」

「あ、ああっ。何でもこの先にドラゴンが現れたらしいんだ。それでここから先は危険だから封鎖されてて行けないんだ」

「ドラゴン？」

「じゃあ、フィルドの奴は引き返したのかしら？　どこかですれ違って見逃した？」

ドロシーが訝（いぶか）しむ。

「おい、おっさんたち、フィルドって男を見なかったか？」

「フィルド？　誰だ？　そいつは？」

「もしかしてさっきの彼じゃないか？　元『栄光の光』のギルド員だったとかいう」

「そう！　そいつだっ！　間違いない！　そいつがフィルドだ！　そいつはどこに行った？」

「彼ならこの先へ進んでいったよ。何でもドラゴンを倒してくるとかで」

「くっくっくっく！」

「あっはっはっはっは!!　あっはっはっは!!　あっはっはっはっはっは!!」

クロードとドロシーは大爆笑していた。

「あのフィルドがドラゴンを倒すだって!?　あの雑魚経験値付与者（ポイントギフター）が！」

「ふふっ！　ちゃんちゃらおかしいとはまさにこのことね！」

「さ、さっきからなんなんだあんたたちは!?　人を小馬鹿にしたような態度をとってきて！　あまりにも失礼じゃないかね!?」

「ああ。名乗り遅れたな。俺たちは現トップギルドのギルド役員。俺はギルドオーナーのクロード様だっ！」

「そして私が役員の一人、大魔導士ドロシー様よ」

「な、なんなんだこいつら、偉そうに！」

「大体、本物なのか!?　さっきの少年の方が余程強そうだったじゃねぇか！」

「偽者(にせもの)じゃないのか!?」

「なんだと!?」

「なんですって!?　偽者ですって!?　良いことを思いついたわ、クロード。この商人たちを人質にしていきましょう」

「人質!?」

「念には念よ。フィルド相手に人質を使う必要はないかもしれないけど、いたらいたで万が一の備えになる」

「な、なにをするつもりだ!?」

「うわっ！」

「いいから大人しく縛られて、私たちについてきなさい」

「や、やめろ！」

「は、放せ！」

「黙ってろっ！　暴れるなっ！」

手下であるギルド員は商人の両手を縛り始める。こうしてクロードたちは商人を人質としたのであった。

「よし。じゃあ行くぞ。この先へ」

「「「はい！」」」

「は、放せ！　このっ！」

「うるさいわねぇ。布かなんかで口を塞いでおきなさい」

「「「はい！」」」

「やめろっ！　んーっ！　ぐうっ――――！」

「ほら暴れるな」

ギルド員たちは人質にした商人の口を布で塞ぎ、声が出ないようにした。そして引き続き、フィルドが向かったとされる街道を進む。この先にドラゴンがいるのを知りながら、彼らは自分が依然として強者であることを疑っていなかったので、臆する様子は微塵もなかった。

◇【フィルド視点】

俺は北の山岳地帯、その街道をひたすら歩く。普段は行商人たちが行き交っているであろうその街道は無人状態で非常に寂(さび)しい光景であった。

いくら山岳地帯の街道とはいえ、ここまで人通りがないのは稀(まれ)だった。ドラゴンの出現により、封鎖状態になっているのがその原因であろう。

「ん？　なんだっ!?」

大きな影が目の前にできた。そしてものすごい風圧を感じる。俺は目を閉じた。

しばらくして風が止(や)む。目の前に現れたのは巨大なモンスター。口から火を噴(ふ)く、赤い皮膚(ひふ)を持った竜。

間違いない、ドラゴンだ。その種類は最もオーソドックスなドラゴンと言われている火竜レッドドラゴンである。

「これがドラゴンのプレッシャーかっ……」

確かにものすごいプレッシャーを感じる。だが思っていた程の恐怖を覚えない。むしろ闘うのが楽しみですらあった。

「解析(アナライズ)」

俺は【ポイントギフター】としての能力を発動した。『解析(アナライズ)』だ。要するに相手のレベルやステータスを読み取ることができる。
ＬＶ80　ＨＰ３０００　ＭＰ３００
攻撃力：２１２３
防御力：２２３４
魔力：２１２１
敏捷性：２０６７
ポイントギフターとして、『栄光の光』に付与していた経験値を返してもらったのだ。
今の俺はかつてのレベル１の俺ではない。今の俺のレベルは１７０だ。だから目の前のドラゴンのＬＶが80でどれほど強敵であろうと負ける気がしない。
俺は剣を抜く。装備を新調していないため、手にしたのは安物のブロンズソード。そのため、人が見ていたらドラゴンを舐めているとしか思えないだろう。その上にソロプレイだ。舐めているにも程がある。そう思われても仕方がない。
「来る！」
俺はその剣を構えた。
グガアアアアアアアアアアアアアアアアアアアアアアアアアアアアアアアアア！
ドラゴンが咆哮をあげた。そして放たれるのは紅蓮の炎であった。
見える。俺はそれを難なく避けた。

そして次に繰り出されたのは爪による一撃。大地に大きな亀裂が走った。だが、空振りだ。

その時、俺は宙に舞っていた。

ドラゴンは俺を見失っている。

「遅い！」

俺は剣を振り下ろした。

グガアアアアアアアアアアアアアアアアアアアアアアアアアアアア！

ドラゴンは断末魔のような咆哮をあげる。クビが両断される。ドラゴンは一瞬で絶命した。

「やった！　やったぞ！　ドラゴンを倒した！　それも一撃でなんて！」

俺は歓喜に震えていた。

「さてと！　念願のドラゴン肉を食べるぞっ！　まずは調理開始だ！」

俺はドラゴンを食べるために調理の下準備を始めた。まずは血抜きを始めようとする。

——と、その時であった。

「ほら！　さっさと歩きなさいよ！　日が暮れちゃうじゃない！」

「くっ！　ぐうっ！」

「ったく、ちんたらしやがって！」

聞き慣れた声が聞こえてくる。

「なんだ？　この声は」

「ちょ、ちょっと！　何なのよこれ！　ドラゴンじゃない！」

「本当だ！　それにもう死んでやがるっ！」

「クロードとドロシーか!?　……」

「へへっ。久しぶりだな。フィルド」

「久しぶりね。つい最近のことなのにそう感じるわ」

「何しに来たんだ？」

「我が『栄光の光』に入ってきた剣聖ルナシス様があろうことかポイントギフターのお前にご執着でな」

「ご執着……？」

　しかもあの剣聖ルナシスが？　何で俺なんかに……。

　だが考える暇もなく、クロードが言葉を継ぐ。

「俺たちはお前を亡き者にしようとこの場に馳せ参じたんだよ」

「なっ。どうして……？」

「んなもん決まってるだろ。死んでりゃ剣聖ルナシスも諦めざるを得ねえだろ？　タダ働きでいいってんなら戻ってきてもいいけどな？」

「ふざけるなっ！　あんなところに戻るのはごめんだっ！　それで俺を殺しに来たってわけかっ！」

「ええ。そうよ。トップギルド『栄光の光』のツートップが来たの。恐ろしさのあまり震えているでしょう？」

「後ろの商人たちはなんだ？」

「それは人質よ。念には念をと思って」

「人質？　俺は雑魚だと思ってるんじゃないのか？」

「だから念のためよ。それよりフィルド、あなた本当にドラゴンを倒したの？」

「まさか。そんなわけあるか。きっと別のトップギルドのパーティーが既に倒してて、フィルドの奴がたまたまこの場に居合わせていたって線だろうぜ」

「まあ、そんなとこよね」

「なんだ？　俺とやるっていうのか」

「当たり前だろうが！　魔剣ウロボロス！」

　クロードは腰から魔剣を取り出す。

「なんだ!?　この魔剣!?　前よりめちゃくちゃ重く感じるぞっ！　こんなに重かったかなっ!?」

「か、考え過ぎよ！　クロード！」

「魔法剣！　灼熱地獄（ヘルファイア）！」

　魔法剣士でもあるクロードは魔剣ウロボロスに最上位の炎魔法である灼熱地獄（ヘルファイア）を付与（エンチャント）しようとした。

シ――――――ン！

しかし何も起こらなかった。

「な、なんだと！　なぜ何も起こらない！」

次第(しだい)にクロードは魔法のランクを落としていく。そしてやっとこさ最下級の炎魔法である炎(ファイア)の発動に成功した。

「魔法剣！　炎(ファイア)」

クロードの魔剣にやっとこさ微弱な炎が宿る。

「弱そうね」

「お、おかしい、こんなことなかったんだけどな。まあいい！　フィルド相手だ！　これでもおつりがくらあああああああああああああああああ！　てやあああああああああああああ！」

クロードが襲(おそ)いかかってくる。俺の目にはクロードの動きがスローモーションどころか止まって見えていた。

「遅い」

「なに！　ぐあっ！」

俺はクロードを蹴(け)り飛ばす。クロードは吹き飛び、無様(ぶざま)に転倒した。

「て、てめぇ！」

「くっ！　ふざけないでよっ！　フィルド相手にこんな！　氷結地獄(コキュートス)！」

ドロシーは氷系最上級魔法である氷結地獄(コキュートス)を発動した。

シ――――――――――――――――――ン。

しかしこれも何も発動しない。

「う、うそ！　なんでっ！」

仕方なくドロシーも魔法のランクを下げていく。

「氷結（コールド）！」

ドロシーもまた最下級の氷結系魔法で妥協（だきょう）した。

「涼（すず）しい」

涼しい風が吹いてきた。そうとしか感じなかった。

「う、うそっ！　なんでっ！」

「ぐ、ぐおっ！」

「うわっ！」

俺は一瞬の隙（すき）に商人たちを拘束（こうそく）しているギルド員を倒した。

「大丈夫ですか!?」

そして俺は商人たちを解放する。

「あ、ありがとう。坊や」

「いえ。元職場仲間のやらかした不始末（ふしまつ）ですから」

「それにドラゴンまで本当に倒したんだね。君は本当に凄い奴だ」

「く、くそっ！　撤退！　撤退だ！」

「仕方ないわっ！　他の方法を考えましょう！」

クロードとドロシーは慌てて撤退していく。部下であるギルド員すら置き去りにした。

「ま、待ってください！　クロードギルド長！　ドロシー様！」

ギルド員が追いかけていく。

行ったか。まあ、いい。今は追いかけている余裕もない。商人たちを解放する方が先だ。それにもうあの様子じゃ何度挑んできても経験値を返してもらった俺には敵いそうもなかった。

「ありがとう！　君はフィルド君というのだね！　先ほどの連中から話は聞いているよ」

「ああ。酷い奴らだ」

「それにしてもすごいな、ドラゴンを倒すとは。こんなまがまがしい化け物を、しかも一人で倒してしまえるなんて」

「良かったらあなたたちも食べていきませんか？　ドラゴン肉の料理」

「ドラゴン肉の料理だって⁉　それは本当かい⁉」

「ドラゴンはレアな食材で滅多に食べられないんだ⁉　そいつを食べれるなんて、なんて幸運なんだ‼」

商人たちは大喜びした。こうして俺たちはドラゴンを調理し、食べ始めたのである。ドラゴン料理のパーティーが始まった。

「いやぁ！　うまい！　これがドラゴン肉か！」

「滅多に食えないだけじゃない！　肉質がしっかりしていて、相当にジューシーだよ」

俺もドラゴン肉をほおばる。これがドラゴンの肉か。確かに食べ応(ごた)えがあっておいしかった。

「それにしても『栄光の光』の連中だっけ。随分と酷いことをするね」

「ああ。あの様子じゃ最初から君を殺そうと……そのために我々まで人質として利用するなど」

「私たちは結構な規模の大商会をやっていてね。このことを公表すればきっと国が動くと思うよ」

「そうですか……だといいんですけど」

『栄光の光』に相応の報(むく)いがあればいい。良いことには良いことなりの悪いことには悪いことなりの、相応の報いがなければならない。

俺はそう考えていた。

ともかくその日のドラゴン料理のパーティーは滞(とどこお)りなく終了したのである。

◇

【追放者サイド】

「帰ってきませんね。クロードとドロシー……」

「ああ……一体何をやっているんだ」

カールとボブソンの二人は会議室で待ちぼうけを食らっていた。他にもやることはあるのだが、それに気を取られて何も手につかないのだ。人間なら誰でもそういう時があるだろう。

「カール様！　ボブソン様！」

そんな時だった。ギルド員が会議室に飛び込んできた。

「なんですか！　ノックもなしに騒々しい！」

ナーバスになっているカールは明らかに不機嫌そうに言い放つ。

「それが大変なのです！」

「大変⁉　なんだ⁉　何があったんだ⁉」

ボブソンは慌てていた。筋肉質な大男ではあるが見た目とは裏腹、神経質で気弱な性格を持ち合わせていた。

「なんと、国から我がギルド『栄光の光』に出頭命令が下されました！」

「なんだって！　それは本当か⁉」

「本当です！」

「しかしなぜだ⁉　なぜ我々が出頭命令を受けるのだ⁉」

「わかりません！」

次いで別のギルド員が駆け込んでくる。

「カール様！　ボブソン様！　クロード様とドロシー様が帰ってまいりました！」

「なんだと!?　それは本当か!?」

「はい！」

「行きましょう。ボブソン」

「ああ。行こう」

二人はクロードとドロシーのもとへ向かう。

◇

「どうしたのですか!?　二人とも!?」

「ああ!?　なんでもねぇよ」

クロードは明らかに不機嫌そうに言い放つ。

「それでフィルドはどうなったのですか!?」

「失敗したよ。あいつの始末」

「失敗したんですか!?」

「なんだよ!? 悪いかよ。あいつ知らない間にえらく強くなったようだ」

「そ、そうなのですか。それでフィルドはどうするんですか!?」

「知らねぇよ！ 俺に言うなよ！ 何で俺ばかり！」

「クロード！ あなたはこのギルドのオーナーだから責任があるのよ。仕方ないじゃない」

ドロシーはクロードを激しく責めた。

「何言ってるんだよ！ お前たちだって役員だろ！ 役員だって責任重大だ！ もっと俺をフォローして助けろっていうんだよ！ ったく！」

険悪な空気の中、役員たちは醜い口論を続けていた。

――と。その時のことであった。

剣聖ルナシスが姿を現す。恐ろしい程の美人ではあるが、元々無表情故その感情は読み取りづらかった。だが、明らかに不機嫌であるように感じる。

「フィルド様は帰っていらっしゃらないのですか？」

「フィ、フィルドの奴は、そうだなっ！ まだ休暇中だ！」

「そ、そう！ 休暇中なの!!」

クロードとドロシーは必死に誤魔化そうとする。

「本当ですか？」

その目には明らかな疑いの色が見られた。

「ええ!!　本当!!　本当よ!!」

「本当です!!」

「本当だ!!」

「信じられません。あまりに形相が必死すぎます。もしかしてですが、フィルド様はもうこのギルド『栄光の光』には所属していないのではないですか?」

核心を突かれた幹部たちは表情を引きつらせる。

「その表情……まさか本当にもうこのギルドには所属していないのですか?」

「そんなわけないいじゃやない!」

「そうそう!　ちなみにもしフィルドがこのギルドに所属していないとするとルナシス様はどうされるつもりですか?」

「それは勿論、このギルドを抜けさせて頂きます」

冷ややかな目でルナシスは告げる。冗談には聞こえない。本気の言葉であった。

「そ、それは困ります!　今ルナシス様にギルドを抜けられては!」

「待遇はもっと改善するわ!　フィルドもそのうち休暇から帰ってくるから、どうにかギルドに残ってちょうだい」

「はぁ……」

気のない返事をするルナシスであった。

「それよりクロード、ドロシー。僕たちが国から呼び出しを食らってるんですよ？」

「マジか⁉」

「そんな、なんで⁉」

「まさかあの商人たち、国にチクりやがったか」

「あの時クロードが商人を人質に取ろうなんて言うからよ‼　あなたのせいよ‼」

「何言ってるんだよドロシー‼　人質に取ろうって言ったのはてめぇだろうが‼　嘘ついてるんじゃねぇ！　このクソビッチ！」

「だ、誰がクソビッチよ！　クソでもビッチでもないわよ！」

「ちょっと、喧嘩しないでくださいよ」

「そうだ、喧嘩はよくない。喧嘩は」

　他の二人が仲裁した。

「とりあえず、どうする？」

「国からの呼び出しだろ。無視するわけにもいかねぇ」

　当然ながら国とギルドでは規模が異なる。敵に回すのは得策とは言えない。出頭命令には従うしかない。

「行くよりほかにありませんね」

　カールは溜息を吐いた。

「どこかに行かれるのですか？」

ルナシスが訊いてくる。

「ちょっと王都に。国からの呼び出しがあって」

「そうですか。私も同行してよろしいでしょうか？」

「い、いえ。ルナシス様にご足労頂くほどのことでは」

「そ、そうよ。ルナシス様はここでお茶を飲んでゆっくりしていて」

「なぜですか？　何か私に知られてはまずいことでもあるのですか？」

「ちょ、ちょっとどうするのよ」

ドロシーとクロードは密談を始める。ルナシスに聞こえないように物陰に隠れて。

「疑われているぞ。これで連れていかないと疑念が深まる」

「それもそうね」

「仕方ない。連れていくしかねーだろ」

こうしてクロードたちギルド幹部は剣聖ルナシスを連れて王都へ向かうのであった。

◇【フィルド視点】

商人たちとドラゴン料理のパーティーをした後、俺は王立の冒険者ギルドへと報告に向かった。

「いらっしゃ……フィルドさん！　ご無事で何よりです」

心配していた様子の受付嬢を安心させるため、袋に仕舞っておいたものを取り出す。

「情報ありがとうございました。これが討伐証明のドラゴンの牙と角です」

「えっ……本当に倒したんですかっ⁉　それも一人で⁉」

「ああ、本当だよ。私たちも一緒にいて、倒したドラゴンを料理して食べたんだから間違いない」

「食べたっ⁉　それは本当ですか⁉」

受付嬢は大層驚いていた。

「こほんっ。気を取り直して、それではドラゴン退治の報奨金のお支払いになります。報奨金は金貨１００枚です！」

カウンターに小包を置かれる。俺はそれを手で持ってみた。ずっしりとした確かな重みを感じた。

「金貨１００枚って、そんなに貰えるんですか⁉」

金貨１００枚。あのギルド『栄光の光』で働いていた時なんてそんなに貰った覚えはないぞ。大体、月金貨2～3枚の固定給だった。金額まではわからないが、幹部の連中は相当な金額を貰っていたはずなのにだ。

「ドラゴン退治にはそれだけの価値があるんです。これでも少ないくらいですよ。はい。受け取ってください」

「ありがとうございます」

俺は金貨100枚を受け取った。これで資金の問題はなくなった。やはり生活をしていく上でお金は必要不可欠だ。あればあるに越したことはない。

「そうだ。フィルド君。改めて君にお礼がしたいんだ」

街道で知り合った大商人が俺にそう言ってくる。

「お礼!?」

「ああ。おかげで無事、街道を通れて荷物を届けられたし。そのお礼だよ。君がドラゴンを退治してくれたおかげさ。申し遅れた、私の名はゴンザレスといってね」

大商人——ゴンザレスはそう俺に言ってきた。

「この近くに私の店があるんだ。フィルド君、是非、寄ってくれないか?」

「ではお言葉に甘えて」

断るのも申し訳ないと思い、俺はゴンザレスの店にお邪魔させてもらうことにした。

◇

「うわ！　すごい大きなお店ですねっ！」

俺は感激していた。大きな商店だった。中には様々な物がある。例(たと)えばマジックアイテムであったり、貴重な宝石だったり、はたまた強力そうな武器であったり、何でもありそうな総合商店に思えた。

「待ってくれたまえ。今、お茶を出すから。そこに座っていてくれ」

「はい！」

俺は高級そうな椅子(いす)に座る。

――と、その時だった。

「お待たせ。フィルド君」

ゴンザレスがそう言ってお茶を持ってきたところで、

「ここにフィルドさんという冒険者はいませんか？」

男が商店に入ってくる。兵士風の男だ。

「は、はい。フィルド君ならそこにいますが」

「申し遅れました。私たちは王国の近衛兵(このえへい)です。王立ギルドで話を聞いたところ、フィルドさんは商人のゴンザレス様と商店に向かったとお聞きしましたので伺(うかが)わせて頂きました」

「フィルドは俺ですけど、一体何の用ですか？」

「国王陛下(へいか)がお呼びです。山岳地帯に出現していたドラゴン退治の褒賞(ほうしょう)を授与するとのことで」

「い、いえ！　いいですよ！　滅相(めっそう)もない！　褒賞なんて！」

俺は断ろうとした。しかし大商人が。

「フィルド君！　それはまずいよ！　国王陛下からの褒賞を断るなんて！」

「うーん。そうですか」

「フィルド様……！」

「……わかりました」

たしかに国王陛下の申し出ともなれば受けないのはまずいか。

「ありがとうございます。それでは、ご用件がお済みになりましたらお声がけください」

そう言って控(ひか)えようとした近衛兵をゴンザレスが引き止める。

「ああ、さすがの私も国王陛下の予定があるなら引き下がるさ。フィルド君、私のお礼はまた後日改めて」

「わかりました」

近衛兵の男に連れていかれ、俺は国王陛下のところまで向かう。

◇【追放者サイド】

一方――。

国に呼び出された『栄光の光』の役員たちは顔面蒼白(そうはく)になっていた。目の前にいるのはアルテア王国の国王ガゼフ＝アルテアである。

「商人たちが貴公らのギルド員に拘束されたと報告をしてきた。それは本当であるか？」

「そ、そんなわけありません！」

「そう！　我々ではありませんわ！　国王陛下！」

「……そうか。では誰が拘束したというのだ？」

「俺たちの名前を騙る、あくどい連中です！　なんたって俺たちのギルドはトップギルド！

やっかむ連中は無限に存在するんです！」

「そ、そうです！　その通りです！」

「そうだ！　俺たちは無関係です！」

ギルドの役員たちは必死に反論する。

「うむ……そうか。やっかむ連中の所業か。そう主張するのだな？」

「そうです！　国王陛下！　その通りです！」

「そうですわ！　国王陛下！」

自己保身のためなら平気で嘘をつく。それがクロードたちの人間性でもあった。

「まずい」

クロードは呟く。

その場にいたルナシスの態度が急速に冷めていくのを感じた。ただでさえ今までの積み重ねで冷えていっていたが、ついに氷点下を下回り、マイナスになった、そういう感じだ。

このままではまずい。クロードはそう感じていた。トップギルド『栄光の光』は今までにない程の窮地に陥っていたのである。

◇【フィルド視点】

俺は近衛兵に連れられて、王城を訪れた。大きくて綺麗な城だった。俺たちは王城に入る。そこに国王はいた。威厳を感じる風格のある国王だった。

「国王陛下！　フィルド様がいらっしゃいましたっ！」

一瞬、国王が険しい顔をしている気がした。しかしその表情は明るいものに一転する。

「おおっ！　君がドラゴンを倒したという冒険者のフィルド殿かっ！」

「はい。はじめまして、国王陛下」

俺は一礼し、ひざまずく。流石に国王陛下相手に横柄な態度を取るわけにもいかない。

「そう堅苦しい態度を取るな。貴公は言わば我が王国の英雄なのだからな。我々も山岳地帯に出現したドラゴンには手を焼いていたのだよ」

「そうだったのですか。それは良かったです」

あくまでもドラゴンの肉を食べたいという個人的欲求から始まった行いだ。それが結果として国のため、皆のためになっていたのなら嬉しいことこの上ない。

「待っていろ！　セバスよ！　褒美を持ってこい！」

「はっ！」

セバスと呼ばれた執事らしき人物が何かを持ってくる。

「フィルド様。受け取ってくださいませ」

革袋を渡される。ずっしりとした重みがあった。

これは金貨なのか？　……だとしたら明らかにおかしな量の金貨が詰められた革袋だった。

「そ、そんなっ！　悪いですよ！　受け取れませんっ！　あくまでも私が個人的にしたことですので」

「そういうわけにもいかない。フィルド殿。貴公は我が王国アルテアの英雄だ。英雄を手ぶらで帰すわけにもいかない。どうか受け取ってくれ」

「どうぞ。フィルド様」

「ありがとうございます」

俺は褒美を受け取った。

中身、金貨なのか？　一体何枚入ってるんだ。最低でも１００枚以上は入っているぞ。

「本当なら領地のひとつでもくれてやりたいところだが……どうだ？　領主となってみる気はないか？　フィルド殿」

「そ、そんなっ！　め、滅相もありませんっ！」

個人的な欲求で為したドラゴン退治で領地まで貰うなんて、恐れ多すぎる。

それに俺はこれからエルフの国を見て……それから……とにかくやりたいことはたくさんあるんだ。領地なんて貰っても管理しきれる気がしないし、したいとも思わなかった。

「それに国王陛下。私にはまだやりたいことがあります。領主となるのはいささか早すぎます」

「……うむ。そうか。是非フィルド殿にこの王国にとどまってほしいと思っていたのだが、貴公の器には領主では小さすぎたか」

やはりこの国王は食えない人だ。そういう魂胆があったのか。俺は溜息を吐く。

「それではまた何かわしらにできることがあれば力を貸そう。それを第二の褒美としよう」

「ありがとうございます。それが何よりの褒美です」

俺はそう感謝し、程なくして王城を去った。

帰り道でのことであった。
俺は小包を広げる。すげえ、やっぱり中身は金貨だった。ずっしりとした重みがある。
何を買おうか。この前のギルドでの報奨金の上に国からの報奨金。買いたいものは割と何でも買えそうであった。

何を買おうと思い悩んでいた時のこと。

「フィルド様――――――――――――――――――――！」

声が聞こえてきた。

「誰だ？　えっ⁉」

突如、少女が抱きついてきた。柔らかい感触。そして女の子特有の気持ちのいい匂いがしてきた。

「き、君は――」

金髪をした絶世の美少女。彼女には見覚えがあった。直接の面識はない。だが、彼女は有名人なので知ってはいた。

剣聖ルナシス。他所のトップギルドでエースをしていた少女だ。俺が『栄光の光』に所属していた時のことで、今どこで何をしているかまではわからない。

「ルナシスさん」

「やっぱりフィルド様だ。フィルド様、ずっとお会いしたかったです！　あなた様と一緒にいたくて、私は『栄光の光』に移籍してきたのであります」

ルナシスは頬ずりしてきそうな距離で俺を見つめてくる。

「私、フィルド様のことを心から尊敬していたのです。ご自身の経験値取得すらなげうって、

ギルドに尽くすその自己犠牲、利他精神、とても真似できるものではありません」

周りからの視線が痛い。こんな絶世の美少女に抱きつかれているのだから当然か。誰だって嫉妬くらいする。

「私、わかっております。『栄光の光』の躍進の全てがフィルド様の陰の活躍あってこそであると！」

「ちょ、ちょっと、ルナシスさん。皆見てるよ」

「フィルド様。そんなルナシスさんなんて他人行儀な呼び方しないでください。どうか『ルナシス』と呼び捨てにしてくださいませ」

色々ややこしそうなので『ルナシス』と呼び捨てにすることにした。

「ルナシス」

剣聖の称号を持つ少女を呼び捨てにするのは正直憚られた。

「はい。フィルド様」

「フィルド様って、俺は様付けなのか」

「フィルド様はフィルド様ですから」

「まあいい。とりあえず、抱きつくのをやめてくれ。周囲の視線が痛い」

「そうですか。私は気にしませんが、フィルド様がそう言うのでしたら」

大人しくルナシスは従う。これでやっと落ち着いて話ができる。とはいえ相手は絶世の美少女だ。小さくない緊張と動揺が走る。

「それでルナシス、俺に何か用か？」

「はい！　私はフィルド様と一緒にいたいと思い、『栄光の光』に移籍してきました。ですがどうやらフィルド様は在籍していない様子、そうですよね？」

「そうだ。俺は最近ギルドを辞めたんだ」

「まあ、どうしてですか？」

「辞めたというより辞めさせられたんだ。俺なんて何の役にも立たない。経験値ももう十分稼いだから用済みだ、って具合でな」

「そ、それは酷い！　彼らは見る目がないのですっ！　ギルドの躍進もフィルド様のご活躍あってこそなのに！」

「それで稼いだ経験値は俺のもとに返ってくるんだけど、それでもいいのか？　って念を押したんだけど、連中はクビを逃れたいが故の言い訳だって言って聞かなくて。それで今ではフリーの冒険者として気ままにやっているんだ」

「つまりフィルド様は今はどこのギルドにも所属していないということなのですね？」

「ああ」

「それは良かったです。フィルド様のいない『栄光の光』など私は微塵の未練もありません。フィルド様！　私とパーティーを組んでください！」

「あ、あんな綺麗な子に言い寄られて、なんだ、あの男は」

「なになに!?　愛の告白!?　逆プロポーズ」

「うらやましい野郎だなぁ。おいっ！」

「っていうか、あれは剣聖ルナシス様じゃないか。有名人の」

「ほ、本当だ!?　ルナシス様だ。あ、あの男は一体」

　野次馬が勝手に騒いでいた。

「俺とパーティーを組みたいのか!?」

「はい！　そうです！　是非パーティーを組みたいですっ！」

　ルナシスは無邪気な笑みを浮かべてくる。

「断る」

　俺は即答した。

「ええ――――――！　どうしてですかフィルド様！　わ、私の実力では不足だというんですか!?」

「剣聖であるルナシスの実力は疑う余地もないよ。だけど俺は前のギルドで徒党を組むことに懲りたんだ。これからは一人で気ままに活動していきたいんだ」

「そうですか……」

　ルナシスは少し落ち込んだ様子だった。美少女を落ち込ませるのは流石に気が引けた。だが、ここは仕方ない。自分の主義を曲げるつもりもないからだ。

「でしたら仕方ありません。ですが、私、諦めません！　フィルド様のお気持ちが変わるまで！　私は絶対に！」

「……そ、そうか」

「それではフィルド様！　またお会いしましょう!!」

そう言って、ルナシスは快活な笑顔を浮かべその場を去っていった。

「またって……全然諦める気ないな」

俺は軽く溜息を吐く。剣聖ルナシス。彼女とは近いうちまた再会するだろう。そんな予感がした。

◇【追放者サイド】

「……ったく。ひでぇ目にあったぜ」

クロードたち『栄光の光』の幹部は王城から自分たちのギルドに戻ってきた。散々国王に糾弾され、何とかそれを必死に誤魔化してきたのだ。誤魔化しきれていないかもしれないが。

「そうよ。なんで私たちがこんな目に遭わなきゃなのよ」

ドロシーは嘆いた。その端正な顔立ちを醜悪に歪める。

「それもこれも全てはフィルドのせいです」

カールはフィルドを責めた。

「ああっ！　あいつのせいだっ！　あいつの存在が悪いんだっ！」

ボブソンも責めていた。

他責(たせき)することで自己保身に走っているのだ。

「ったく。けどなんでだ？　フィルドの奴、なんでまた急に強くなったんだ？」

暗殺に失敗したクロードは疑問を投げかける。

「そうね。どうしてかしら？」

ドロシーも首を傾(かし)げる。

「それに、なんか俺、最近、疲れやすくなった気がするんだ。カール」

「はい」

「俺に回復魔術(ヒーリング)をかけてくれ」

回復術士(ヒーラー)であるカールは死にかけのＨＰすら一気に回復させる力があった。

「わかりました。回復魔術(ヒーリング)」

カールは回復魔術(ヒーリング)をクロードにかける。しかし一向に体力が回復している気配がない。

「なんだ、この回復量は。温泉にでも浸(つ)かってた方が余程体力が回復しそうじゃねぇか」

「ほ、本当に。な、なんでこんなに効(き)かなくなったんでしょうか？」

カールは慌てふためいていた。

「ボブソン。そこに甲冑がある。殴って壊してみろ」

怪力無双のボブソンは以前は硬いモンスターすら素手で倒せる程であった。武器を持った場合、その無双っぷりは鬼人の如し。まさしく鬼に金棒だった。

「ああっ！　うおおおおおおおおおおおおおおおおおおおおおおおおお！」

ボブソンは甲冑を殴る。

ボキィ！

良い音が響いた。手首がひしゃげた。

「うわああああああああああああああああああ！　手首が曲がったよおおおおおおおおおおおおおおおおお！　痛いよおおおおおおおおおおおおお！　ママ――――――――――――！」

巨体のボブソンがまるで童子のように泣き喚いた。

「ボブソン！」

ドロシーが声をあげる。

「ボブソンが強気でいられたのもその絶対的な力があったからだ。俺はこいつが実は気弱で泣き虫な臆病者だって知っている」

クロードは嘆いた。

「ま、待っててください。ボブソン。回復魔術」

カールはボブソンに回復魔術(ヒーリング)をかけた。

「うわあああああああああああああああ！　全然効かないよおおおおおおおおお！　痛いよおおおおおおおおお！　ママ――――――――！」

「大の男が無様(ぶざま)に泣き叫ばないでよ。見苦しい」

ドロシーが吐き捨てるように言う。

「けどこれでわかったことがある」

「なによ？」

「俺たち、すげー弱くなってるんだ」

「なっ!?　なんですって!?　それは本当!?」

「ああ。それ以外に考えられない」

「でもなんで？」

「フィルドだ」

「「「フィルド!?」」」

「ああ。それ以外に考えられねぇ。奴はギルドを去る時、分配していた経験値が戻るとか言っていた。あれを俺たちはクビを逃れたいがための見苦しい言い訳だと思っていたが、どうやらそうじゃなかったらしい」

「くっ！　そんなっ！　じゃあ私たちの以前の強さはフィルドのおかげだったっていうの!?」

「ああ。ポイントギフターなんて経験値さえゲットしちまえば用済みだと思っていたが、どうやらそうではなかったらしい。くそっ！　あいつはうちのギルドに必要な人材だったんだ!!」

「ど、どうするのよこれから!!」

「それはこれから考えるしかねぇだろ！」

「大変です！　二人とも!!」

カールが大声を出す。

「どうした!?」

「ギルド員が!!　ギルド員がストライキを起こし始めました!!」

「なんだって！　すぐに向かう！」

クロードはストライキの現場へと向かっていった。

◇

「どうしたんだ!?　お前ら！　いきなりストライキなんて！」

クロードの目の前にはストライキを起こしているギルド員がいた。

「やってられるかよ！　こんなギルド!!」

「ああっ!!　なんでだよ!?」

「今のギルドの有り様、とてもトップギルドとは思えねぇ！」

「そうよそうよ！　急にギルドのレベルが下がり過ぎなのよ！」

「このままじゃ、とてもクエストをクリアできるとは思えねぇ！　このところのクエストも失敗続きで、『栄光の光』の評価もガタ落ちだ！」

　ギルド員はそろって不平不満を漏らす。

「落ち着けよ。なっ!?　問題は俺が必ず解決するっ！」

「無理だ！　フィルドさんがいたからこのギルドは保っていたんだ！」

「そうよ！　フィルドさんがいたからこのギルドはトップギルドになれたのよっ！　その恩恵を忘れて、身勝手な理由でクビにするからっ！　だからその報いを受ける時が来たのよ！」

「くっ！　どいつもこいつもフィルド、フィルドって。うるさい奴らだなっ！　安心しろ！　お前ら！　俺たちにはあの剣聖ルナシスさんがいるっ！　ルナシスさんならきっと俺たちを導いてくれるさ！　なっ！　ルナシスさんっ！」

　クロードはさっきからその様子を傍観していたルナシスに声をかける。

「そのことですがクロードさん。お話があるのです」

「お話!?　なんですか!?」

　クロードは嫌な予感を抱いた。

「『栄光の光』を抜けさせて頂きたいのです」

「なぜだ？　なぜだよ！　なんでなんだよ、急に!?」

「王都でフィルド様に直接お会いしました」

「フィルド！　あいつに会ったのか!!」

「はい。それでお話をお伺いしました。フィルド様はもう『栄光の光』には所属していないとおっしゃっていました。今の役員たちに追い出されたのだと」

「くっ、ううっ！」

　もはや嘘のつきようのない事実を突きつけられ、クロードは口ごもった。

「私はフィルド様が所属していると思っていたから『栄光の光』に転籍してきたのです。フィルド様のいないギルドに用はありません。ましてやフィルド様を粗雑に扱ったあなたたちと一緒にいたいとは思いません」

「ま、待て！　待ってくれ！　報酬は以前提示した額の倍出す！　いや3倍だっ！　ギルドがこの有り様だ。今あんたに抜けられると困るんだよ!!」

「しつこいですよ」

　ルナシスはギルドを去ろうとする。

「待ってくれ!!　なあ！　おい！」

　それでもクロードはしつこく食い下がる。ルナシスの肩を摑んだ。その瞬間、ルナシスの全身に殺気のような気が漲った。

「なっ……」

強烈な殺気を受けたクロードはそのプレッシャーに負け、呼吸することすらできなくなった。

まさしく蛇に睨まれた蛙だ。クロードは失禁しそうになるのを堪えるが、その場にへたり込んでしまう。

「私に触れていいのはフィルド様だけです。汚らわしい手で触れないでください。それではさようなら。短い間でしたがお世話になりました」

いよいよルナシスはギルド『栄光の光』を去る。

「くっ……な、なんでなんだよ！　ちくしょう！　なんでこうなるんだよっ！」

クロードは嘆いた。剣聖ルナシスが脱退したことで、いよいよ『栄光の光』はギルド員の流出を免れ得なくなってきた。

ルナシスが所属していることがギルドにとっても最後の砦であったのだ。

トップギルド『栄光の光』はいよいよ本格的に転落劇を演じていくことになる。

第二章【エルフの国へ向かう情報を集める】

「エルフの国ですか!?」

「ええ。エルフの国に行ってみたいんです」

俺は王都アルテアの王立冒険者ギルドにいた。俺の次なる野望はエルフの国に行くことだった。エルフはあまり人目につく場所に現れない、神秘的な種族だとされている。

だから俺は猶更エルフの国に興味を持つようになったのだ。

そこで俺は受付嬢から話を伺う。

「うーん。エルフはあまり人間のいる場所へ現れませんからねぇ。森の奥で生活していて滅多に目にすることはないということくらいしか知りません」

受付嬢は溜息を吐いて、申し訳なさそうに目を伏せた。

「ごめんなさい。あまりお力になれそうにありません。エルフに関する情報が得られた場合、お伝えしますね」

受付嬢は作り笑顔を浮かべる。

「わかりました。また何か情報が得られたら教えてください」

「はい。またのお越しをお待ちしております」

俺はギルドを後にした。

「うーん。やっぱりエルフの情報はなかなか得られそうにないな」

俺は王都アルテアの市場を歩いていた。アルテアには様々な人種が行き交う。中には亜人種もそれなりにいたが、確かにエルフは見当たらなかった。

エルフから直接話を聞くことはできなさそうであった。俺のエルフの国に関する情報収集はなかなかに難航していた。

――と、その時であった。

「フィルド様ああああ――――――！」

「お、お前はルナシス!!」

突如、抱きついてきた金髪碧眼の美少女。剣聖ルナシスだ。

「ど、どうしたんだよ!?　いきなり」

突然美少女に抱きつかれ、俺はまたもや通行人から好奇の視線で見られる。中には不愉快そうに舌打ちする男もいた。

「こんなところで遊んでていいのか？　『栄光の光』の仕事もあるだろう？」

「辞めてきました、あんなところ。フィルド様のいないギルドに用はありませんから」

「それで、今後何をするつもりなんだよ？」

「それは勿論！　フィルド様とパーティーを組むんです！」

「それは前に断ったはずだろ」

「そうですか。それは残念です」

ルナシスはしょげる。美少女を悲しい顔にさせるのは男として罪悪感にかられた。

「す、すまない、ルナシス。俺は別にお前を傷つけるつもりじゃ」

「じゃあ、パーティーを組んでくれるんですか!?」

「それはしない」

「えー！　……残念です」

またしょげる。

俺が言えば従いこそするが、本当の意味で諦めてはくれない感じがした。

「ところでフィルド様は何をしているのですか？」

「俺はエルフの国への行き方を探していたんだよ」

「まあ、エルフの国ですか!?」

「何か知っているのか?」

「実は私、エルフの国への行き方を知っているんです」

「な、なんだと!?　それは本当か!?」

　思わぬ方向から助け船が出てきた。

「はい!　そうです。フィルド様はエルフの国に行かれたいのですか?」

「うっ。うん、そうだよ。俺はエルフの国に行きたいんだ。だからその行き方を探していたところなんだ」

「そうだったのですか。あーあっ。どうしようかな。フィルド様が私とパーティーを組んでくれるなら、案内してあげてもいいんだけどなぁ」

　もったいぶった感じでルナシスが言ってくる。

「ぐっ……」

　俺は口ごもる。

「わかった。ルナシス。一緒にパーティーを組もう」

「本当ですか!?」

　ルナシスの表情が一瞬で笑顔になる。

「ただ、エルフの国にたどり着くまでの暫定(ざんてい)的なものだ。一時的にパーティーを結成するだけなら構わない」

「わーい！　フィルド様とパーティーが組める！　わーい！」

「聞いているのか！　あくまでも一時的なパーティーだぞっ！」

俺は念を押す。俺は一人でいたいんだ。たとえ相手が剣聖だろうと、とんでもない美少女だろうと例外ではない。

もう集団の中で虐げられたり、誰かと必要以上に関わるのは御免だ。

「わかっています。けどフィルド様とパーティーを組めることには変わりないですから」

ルナシスはとびっきりの笑顔を浮かべる。恐らくは俺にしか見せないであろう笑顔だった。

その笑顔に俺のスタンスが少しばかり揺らぎそうになり、それを必死に堪えた。

「どうしたんですか？　フィルド様!?」

ルナシスが俺の顔を覗き込んでくる。

「なんでもない。それより、早速案内してもらおうか。エルフの国へ」

「はい！」

俺とルナシスはエルフの国へと旅立った。こうして暫定とはいえ、剣聖ルナシス・アークライトとパーティーを結成することになったのである。

◇

「るんるん♪」

ルナシスは陽気な笑顔を浮かべ、俺の隣を歩く。エルフの国への行き方を知っているルナシスと俺は一時的にではあるがパーティーを組んで、行動を共にすることになった。

それにしても俺の知っている《剣聖ルナシス》と目の前にいる《ルナシス》とではかなりのギャップが存在していた。

剣聖ルナシスといえば剣の天才として知られ、他の者を寄せつけない圧倒的な存在であると広く認知されていた。だから俺はもっと冷淡な人物だろうと思っていたので、目の前の天真爛漫な一面を覗かせるルナシスに、小さくない動揺を覚えた。

「フィルド様」

「なんだ？　どうかしたか？」

「フィルド様はなぜエルフの国に行きたいのですか？」

「別に深い意味はない。観光地に旅行に行くくらいの気分だよ」

「へー、旅行ですか」

「ああ。俺はずっとギルドに縛られ続けていたからな、せっかく辞めて自由になったんだ。だから俺はこの自由を満喫したいと思った」

「そうなんですか。自由を満喫するため」

「だから俺は一人でいたいんだ」

他者と一緒に行動するということは必ず束縛(そくばく)が生まれる。それでは一人の気ままさや自由さが損(そこ)なわれてしまう。

確かに美人には華(はな)がある。だが往々(おうおう)にして綺麗(きれい)な花には棘(とげ)があるものだ。ルナシスと行動を共にすることできっといらぬトラブルに巻き込まれることもあるだろう。当然のようにやっかみも受ける。

美しい女性と一緒にいるというのはメリットもあれば、そのようなデメリットも考えられた。

俺はそういう無用なトラブルの元を抱えたくはないんだ。

「逆に俺が聞きたい」

「え？　何をですか？　スリーサイズですか!?」

「違う」

「上から、8……」

「だから言わなくていい」

「好みの男性のタイプですか!?　それはもう、勿論フィルド様です！」

「それもいい。だから、なんで俺と一緒にいたいんだよ!?」

「え!?」

「どうして俺についてこようとするんだ？」

「――それは」

ルナシスは語り出す。俺が初めて見る彼女の真剣な顔つきだった。

「私は元々いた組織で課せられた使命を受け入れられませんでした。馴染めなかったんです。それで剣の強さだけで評価してもらえるギルドの世界に入ったんです」

　俺は黙ってルナシスの話に耳を傾ける。

「組織のために遺憾なくスキルを発揮していたフィルド様の噂は私の所属していたギルドにまで聞こえてきました。前線で闘う私は自分のことをなんて身勝手な存在だろうと思っておりました。おのれのために剣を振るうだけで周囲のことを全く考えていない愚かな存在だったのです」

　愚かな存在って。いくら何でも自分を卑下しすぎだろう。彼女の剣の腕は俺の耳にも入ってきていた程だ。剣聖の称号が伊達ではないことくらい、俺だって知っていた。

「私は自己を犠牲にしてまで組織に尽くすフィルド様の貢献心に惹かれたのです。フィルド様と一緒にいたい。きっと多く学べることがある。私のいるべき場所は以前いたギルドなどではなく、フィルド様のいらっしゃった『栄光の光』にあるのではないか。そう思い、迷うことなく私は転籍を決意しました」

「はぁ……」

「ですが、そこにフィルド様はいらっしゃいませんでした。私が『栄光の光』で感じたことはその見え透いた悪意でした。ギルド員は恐怖により抑圧されていました。オーナー及び役員は私の前では善良を装っていましたが、悪意が透けて見え、とんだ悪党にしか思えませんでした」

「そうか……『栄光の光』に所属していたんだったな」

短期間とはいえ『栄光の光』に所属していたのだ。内部からでしかわからないようなことがわかったのだろう。ルナシスは、俺を追放したクロードたち役員とも顔を合わせたことだろう。

「あんな悪意を持った人たちの中で虐げられていらしたのでしたら、一人を求めるのも無理もありません。私はフィルド様と一緒に行動できるだけでも嬉しいのです」

ルナシスは笑顔を浮かべた。彼女がこのような笑みを浮かべるのは俺にだけかもしれない。

そう思うと俺の一人でいたいというポリシーが揺らぎそうになった。

いかんいかん。俺はほだされないように気を引き締めた。

「それじゃあ、エルフの国を目指すか」

「はい」

「っていっても俺は行き先がわからないんだ。案内を頼むルナシス」

「はい！　こちらです」

俺たちは王都アルテアを出た。ルナシスの案内に従い、エルフの国を目指す。

俺とルナシスの目の前には森がそびえていた。王都を出てしばらく歩いたところにある何の変哲もない森だと思っていたが……。ルナシスはその森の前で立ち止まった。

「この森を抜けた先にエルフの国があります」

なんでそんなことを知っているんだ？　随分と自信のある口ぶりだった。俺は疑問を抱きこそしたが、口には出さなかった。目の前の少女が嘘をついているとも思えなかったからである。

「この先に霧の迷宮があります。まずはそこまで向かいましょうか」

「ああ」

俺とルナシスは森へと入る。そして森をひたすらに歩いた。

すごいなと思った。森の中は完全に同じような景色が続くだけだ。だから普通は迷ってしまう。だがルナシスは一切迷う様子もなく、迷路のような森を実にあっさり抜けていく。

「なあ、ルナシス？」

「はい。なんでしょうか？」

「どうしてそんなに道がわかるんだ？」

「え？　どうしてですか？」

「ああ……この森に来たことあるのか？」

「それはえーと。何となくわかるんです」

はぐらかされた。まあいい。結果としてエルフの国へとたどり着けるなら俺は万々歳だ。ルナシスがどうして道がわかるかなどどうでもいい。

しばらく歩いた先で俺たちは泉にたどり着く。木々に囲まれ、僅かな隙間からの光が泉を神秘的に映し出している。人に濁されることもないからだろう。透き通った綺麗な水質をしていた。

「ここに泉があるんです」

ルナシスはそう言っていたが、その通りに泉があった。既に丸一日歩きっぱなしだ。女性にとって衛生問題は死活問題であるとすら言える。男の俺は平気だが、一日風呂に入らないことすらあり得ないことかもしれない。人によっては日に三回入ることすらあり得るらしいし。

「どうせ一日では着かないだろうし。ここら辺で一泊しよう」

そのうちに夜になる。暖を取った方がいい。夜の森を歩くのは危険だ。

「フィルド様、これから沐浴をしても構いませんか!?」

「ああ。別にいいよ」

「よろしければフィルド様も一緒に沐浴しませんか!?」

「遠慮するよ」

「ええっ!!　なんでですか!!」

ルナシスは不平を口にする。

「俺は薪を集めて焚火をしているよ」

俺は泉を離れた。

少し離れたところで俺は焚火を始めた。

おかしい。俺はそう感じていた。ルナシスは知りすぎていた。この森のことを。どうして泉があることまで知っている。確実にこの深緑の森に来たことがあるはずだ。ルナシスはエルフの国に行ったことがあるのではないか？　その疑念が俺の中に湧き上がってきた。

――その時だった。

グウウウウウウウウウウウウウウウウウウウウウウウウウウ!!

俺の目の前に複数のモンスターが現れた。人の匂いに釣られて現れたか。狼型のモンスター、攻撃性の高いウォーウルフである。

一匹のウォーウルフが突如俺に襲いかかってくる。俺は剣を抜いた。首を斬り落とす。

キャウン！

ウォーウルフを一瞬にして絶命させる。犬のように甲高い声を上げ、果てた。こいつらも馬鹿ではない。圧倒的な実力差を見せつけられて、それでも襲いかかってくるようなことはしない。

餌にならないと思った瞬間、尻尾を巻いて逃げ出した。

「ふう。行ったか」

俺は溜息を吐く。その時だった。泉の方からウォーウルフの鳴き声がした。

今、ルナシスは沐浴中だ。普段持っている剣を手にしていない。あまりに無防備な状態だ。いくら剣聖ルナシスとはいえ、剣を持っていなければただの少女かもしれない。

「仕方ない。助けに行くか」

俺は泉に向かった。ルナシスに万が一のことがあったらエルフの国へ行けなくなるためだ。決して彼女の身を案じてではない。恐らく。

俺は泉のほとりに駆けつけた。しかし、そこで目にした光景は想像していたものと違った。

震えるルナシスと、それに襲いかかろうとしているウォーウルフ。そういう光景を予想していた。だが現実は大きく異なっていた。

「ふんっ！」

全裸のルナシスはウォーウルフに殴りかかった。

キャウン！

ウォーウルフは悲鳴をあげて果てた。

「まだやりますか？」

素手のルナシスは悠然とした態度で問う。

グウウウウウウウウウウウウウウウウウウウウウウウウウウ！

唸った末にウォーウルフはとても自分たちの敵う相手だとは思えなかったのだろう、尻尾を巻いて逃げ出していった。

「ふん。身の程を弁えなさい。あ、あらっ！　フィルド様っ！」

ルナシスは俺がそばにいることに気づいたようだ。

「フィルド様」

ルナシスがいきなり俺に抱きついてきた。柔らかい感触が胸板に伝わってくる。

「い、いかがされたのですか!?　フィルド様も私と一緒に沐浴をしようと思って来られたのですか？」

「ち、違う!!」

「だったらなぜですか!?　も、もしかしてフィルド様、私のことを心配して」

「そうだよ。いくらルナシスでも剣も持たずにウォーウルフの相手はできないかと思って来てみたけど無用な心配だったみたいだな」

「まあ、そうだったのですか」

「勘違いするなよ。俺はルナシスに万が一のことがあったらエルフの国に行けなくなると思っただけで」

「同じことです。フィルド様が私の心配をしてくださったということに変わりありません。それを私は大変嬉しく思います」

「うっ……」

「どうかされましたか？　フィルド様」

「……なんでもない」

いや、なんでもないはずがない。

ルナシスは綺麗な身体をしていた。整った体つきは芸術的といっていい。無駄な脂肪はなく、それでいて出るところは出ている。誰もがうらやむような理想的なプロポーションをしていた。そして、水に濡れた白い肌、金色の髪が実に艶めかしい。

「けど、フィルド様。あまり見ないでほしいです。私の身体」

「……なんでだ？」

「私はあまり自分の身体に自信がありません。男性経験もありませんから、フィルド様が私の身体を見てがっかりされるのではないかと心配しているのです」

ルナシスは不安げに伝えた。比較対象がない生活をしていたからだろう。ルナシスは自分が美人だという認識はないのかもしれない。剣の腕が立つことは、ギルドの世界に身を置いていたのだから知っていることであろう。剣聖と呼ばれているのだから。

だが、美貌においても自身が特段優れているということに自覚がないようだった。当然その身体つきも大抵の男がむしゃぶりつきたくなるほど魅惑的なものであることに。

彼女はそうした自覚を持っていない様子だった。

「そんなことない。綺麗だ」

「本当ですか!?」

「ああ。本当だ」

「……じゃあ、フィルド様」

ルナシスはわざと俺から距離を取って、両手を広げた。

「もっとよく見てください！」

「ば、馬鹿！　わざわざ見せてくるなっ！」

俺の顔は赤くなっていたことだろう。慌てて目を塞ぐ。いくら何でも成人女性が子供のように無邪気に裸を晒すものか。

◇

夜が明ける。俺たちは焚火の近くで、睡眠を取った。

「フィルド様……だめです、フィルド様。そんな私から離れられないなんて、甘えられても困ります。もう……困った人なんですから。えへへっ……」

ルナシスは都合のいい夢を見ているようだった。涎(よだれ)を垂(た)らしながらニタニタとした笑みを浮かべている。

「おい！　起きろ、ルナシス」

俺は肩を揺すりルナシスを起こす。

「あっ……フィルド様。おはようございます」

「おはようルナシス」

ルナシスがいないと俺はエルフの国に行けないのだ。起こさなければどうしようもない。このまま置き去りにするわけにもいかなかった。

「なんだかとても気持ちのいい夢を見ていた気がします」

「……そうか。それは悪いことをしたな」

何となく夢の内容が想像できた。

「いえ。いいんです。起きてすぐフィルド様のお顔を見られたのですから」

「起きたなら行くぞルナシス」

「はい！」

俺とルナシスは再びエルフの国を目指して歩き始めた。

◇

「もうすぐ、この先に霧の迷宮があります」

「霧の迷宮？」

「はい。霧の迷宮です。普通の人間ではエルフの国にたどり着くことができません。霧の迷宮を見つけることができませんし、それに入れても出ることができません。そして、霧の迷宮を抜けた先にエルフの国があるのです」

「なあ、ルナシス。いい加減にしないか？」

「えっ？　何をですか？」

「なんでそんなにエルフの国に詳しいんだ。おかしくないか？　普通の人間がそんなに詳しく知っているわけがない」

「それは……」

ルナシスは口ごもる。

「別に言いたくないなら言わなくていい」

そもそも俺たちは暫定的にパーティーを組んでいるに過ぎない。本当の仲間とは言えない。

それに仲間だからといって一つの隠し事も許されないというわけではない。嘘だって場合によっては優しい嘘もあるはずだ。隠すのにも理由がある。

「いえ、私だってフィルド様に隠し事をしたいわけではありませんっ！　私は――」

ルナシスが言葉を紡ごうとした時だった。森の空気が震撼した。

「……ん？　なんだ？」

「この気配は――」

俺たちは警戒した。森の奥から一匹のモンスターが現れる。そのモンスターはこれまで俺たちが相手にした犬程度の大きさのウォーウルフではない。

本物の巨大モンスターだ。ビッグ・ウォーウルフ。いわば森の狼たちの親玉だ。

「ビッグ・ウォーウルフ。この森ではいわば主と言われているモンスターです」

ルナシスは身構える。やはり剣聖、良い剣を持っていた。構えた剣はオリハルコンブレイドという。希少金属であるオリハルコンをふんだんに使用した一級品の武器だ。伝説系の武器ではないから唯一無二の代物ではないが、それでも家一戸くらいは買えるだけの値段はする。

ちなみに俺の持っているブロードソードの価格はその１０００分の１ほどである。

「やっぱり、よく知ってるんだな。この森のこと」

俺も剣を構える。

グウウウウウウウウウウウウウウウウウウウウウウウウウウウ！

ビッグ・ウォーウルフは唸り声をあげた。

「フィルド様、ここは私が」

「俺はルナシスに道案内を頼んだだけだ。戦闘まで任せる気はない」

「私がフィルド様のお役に立ちたいのです！　そこで見ていてくれないでしょうか？」

「そうまで言うなら任せた」

「はい！」

ルナシスは構える。

「はあああああああああああああああああああああああああああああああ！」

迷いのない剣がビッグ・ウォーウルフに襲いかかる。ビッグ・ウォーウルフの爪とルナシスの剣が激しくぶつかり合い、甲高い音を奏でた。しかしルナシスの剣の切れ味の方が上だった。

ビッグ・ウォーウルフの爪はあっさりと斬り落とされる。

「はあああああああああああああああああああああああああああああああ！」

気合いの入った叫びと共に繰り出される次の一撃はビッグ・ウォーウルフの胸元を貫いた。

キャウウウウウウウウウウウウウウウウウウウウウウウウウウウウウウ！

ビッグ・ウォーウルフは呻いて動かなくなった。

「やりました。フィルド様」

俺はすぐに察した。

「甘く見るなっ！　ルナシス！　大型モンスターの生命力をっ！」

「えっ⁉」

振り返ると満身創痍ながら、巨大な爪を振り下ろそうとしているビッグ・ウォーウルフの姿があった。

「ちっ！」

俺は舌打ちと共に剣を繰り出す。人類最速の踏み足で接近する。

そしてビッグ・ウォーウルフの首を刎ねた。ゴロリと首が落ちる。

「ふう」

俺は一息吐く。

「ありがとうございます！　フィルド様！　おかげで助かりました！　流石はフィルド様です」

「まあな……それだけ付与してた経験値が多かったからな。返してもらえばこれくらいのことはどうってことない」

「それよりフィルド様。なんだか私、以前より体が軽くなった気がします」

「そうか……ステータスを見てみるか」

俺のポイントギフターとしての能力にはステータスを見るものも含まれている。

相手のレベル及び付与されたレベルがわかるのだ。普通は特別なスキルがないとレベルを確認することはできない。

「あっ！　レベルが上がっているな！　ルナシス」

ルナシスのレベルが90から91になっている。

「えっ!?　本当ですか!!　嬉しいです。だって私もうレベルが上がることはないって思ってましたからっ！」

ルナシスは飛び上がって喜ぶ。余程レベルが上がったのが嬉しいのだろう。確かにルナシスレベルの実力者であればもはや余程のことがない限りレベルも上がらないだろう。

「ああ。俺の経験値分配能力者(ポイントギフター)としての能力には経験値を10倍付与するというものがある。ただこの経験値の分配は俺がコントロールできるんだ」

「私の場合、大体どのくらいの経験値量を頂いたんでしょうか？」

「そうだな。ＥＸＰ(経験値)が大体１００００（スライム１万匹分）くらいだったから、付与されたのは倍の２００００ＥＸＰだな」

ルナシスのレベルになると１上げるだけでも一苦労だ。

「そんなっ！　そんなに経験値受け取れません！　フィルド様にお返しします！」

「いや。いいんだ。エルフの国に案内してもらうお礼だ。受け取ってくれ」

「ありがとうございますフィルド様。この御恩生涯(しょうがい)忘れません」

涙すら流しそうな顔でルナシスは礼を言ってくる。

「大げさだな、ルナシス」

「大げさではありません。私にとってはそれだけ重要なことです」

ルナシスはこみ上げてきた涙を拭う。

「フィルド様、私の秘密ですが然るべきタイミングが来ればお話しします。それまで待っていてくれませんか？」

「別に話したくないなら話さなくていい。話したくないことなんて誰にでもあるものだ」

「いいえ。私はフィルド様にお話ししたいんです。私のことを。本当の私のことを知ってもらいたいのです。然るべき時が来たら」

「……そうか」

ルナシスの目は今まで以上に真剣だった。何か重大な秘密を抱えている気がする。

「それでは行きましょうか。フィルド様」

「ああ」

俺たちはこの先にあるとされる霧の迷宮へと向かった。

◇【追放者サイド】

「くっ！　なんだよ！　フィルドがいなくなってからろくなことがないじゃねぇか！」

クロードは嘆く。

「頼みの綱の剣聖ルナシスには出て行かれるしっ！　こんなんじゃ他のギルド員の引き留めも

できるかわからねぇだろうがっ！」

「本当ね」

　ドロシーは冷淡な感じで呟く。

「なんだよその態度！　まるで他人事みたいじゃねぇか！」

「うるさいわねぇ！　別に私のせいじゃないでしょ！　役員の皆で決めたことじゃない！」

「二人とも！　喧嘩はよしてください！」

「そうだ！　そうだ！　喧嘩しても何にもならねぇぞ」

　カールとボブソンの二人になだめられ、二人は気を静める。

「悪い。つい感情的になっていた」

「ごめんなさい。私もよ」

　これでも長年ギルドを一緒に営んできたのだ。だからそれなりの結束力が存在していた。この時はまだ辛うじて、連帯感が保たれていた時期でもある。

「クロードギルド長！」

　その時だった。ギルド員から報告が飛び込んでくる。

「大変です！」

「どうした？　何かあったか？」

「それが王都アルテアから役人が来ているらしいんです！」

「役人だと!?　なんでだ!?」

ちっ。クロードは舌打ちする。この前、国から呼び出しを食らって尋問を受けた時に誤魔化しきれていなかったか。

「ともかく、来てください」

仕方なくクロードはその役人のところまで向かう。

「『栄光の光』のギルド長、クロード殿で間違いないな？」

「は、はい！　そうです！　どうしたのでしょうか!?」

訪れてきたのはいかにも役人といった感じの眼鏡をした堅そうな中年男だった。

「この前の国王の前で受けた尋問を覚えているな？」

「は、はい！　覚えております!!」

「その尋問の結果、貴公らのギルド『栄光の光』に処罰が下されることになった」

「しょ、処罰ですか!?　どんな!?」

流石に無罪放免といくとは思っていなかったクロードは罪状の予測くらいはしていた。『栄光の光』はここ最近トップギルドとして破竹の勢いで成長してきた。そこで王国に納めたギルド税はそれなりの金額になっている。

また王国にとっても『栄光の光』がトップギルドとして君臨していたことで威光を示すことができていたはずだ。

だから。そうだな、とクロードは考えた。

（罰金刑くらいか……まあ、しょうがねぇな。それくらいなら気前よく払ってやるか）

その時『栄光の光』にはまだ蓄えがあった。勢いが失速してきたとはいえ、トップギルドにのし上がる中で蓄えてきた剰余金はそれなりの金額であった。

しかし役人から告げられた言葉はクロードにとって予想だにしないものだった。

「国王陛下からのお触れだ。『貴公のギルド、《栄光の光》の活動の無期限停止を命ずる』」

役人は表情ひとつ変えずに告げる。

「な、なんだって!!　無期限停止だって!!」

「ああ。先ほど告げたであろう。聞こえなかったのか？」

「い、一体いつ活動を再開できるんだよ!?」

「それを私に聞かれてもな。国王のお気持ち次第だ」

「そんなんだったらどうやってこの失態を挽回するんだよ！　活動停止になったら挽回するチャンスも何もないじゃねぇかよ！」

「それを私に聞かれても困ると先ほど告げたであろう。私はただ国王陛下の命令を受け動いているにすぎないのだからなっ。それではな」

「ちなみに、もし活動停止中であるにも拘わらず、活動していることがバレたらどうなるんだ?」

「うむ……そうだな。その時はより重い刑罰が科されることだろうな。多額の罰金、あるいはギルド長であるクロード殿への懲罰。さらにひどい場合はギルドの解体までありうる」

「そんなのってねぇだろ! 俺たちはトップギルド『栄光の光』なんだぞっ! 今までどれだけ多額のギルド税を王国に納めてきたと思ってるんだ! それなのに一回の失態でこんな扱いあんまりだろっ!」

「何度も言わせるな! 私は命令を受けて動いているだけだっ! 私に不平不満をぶつけてきても何も変わらんっ!」

役人は冷徹に告げる。

「くっ。うっ。くそっ!」

報告に来ただけの役人の前でも感情を抑えきれずにクロードは悪態をついた。それほどまでに鬱憤のようなものが溜まってきているのだ。ギルド長であるという体裁を取り繕えない程に。

「ちなみに個人的な活動までは禁止されていない。国のために奉仕活動でもしてみてはどうだ? 例えば王都のゴミ拾い、老人への手助けなどでもいい。国王陛下のお気持ちが変わり、『栄光の光』の無期限活動停止が解かれるかもしれぬ」

「ゴミ拾い!! 俺たちトップギルド『栄光の光』にゴミ拾いしろっていうのかよ!」

「何を言っているのだ。クロード殿。頂点に立つよりも頂点を維持する方が難しいのは自明の理だ。君たちは今、その座を維持できず転がり落ちようとしているところなのだぞ!」

「お、俺たちが、俺たち『栄光の光』が転げ落ちる」

核心を突かれたクロードは膝をついた。正気を保っていられない様子だ。

「そ、そんなっ! あんなに上手くいってたのに! 用無しのフィルドをクビにして、それで他所のエースの剣聖ルナシスを引っ張ってきて、それでバラ色の未来がやってくるはずだったのに! なんで! なんでだ! なんでだよぉ! くそっ!」

クロードは床を殴った。拳が血で赤く滲んだ。そんなことをしても拳が痛むだけなのではあるが、そんなことお構いなしだ。

「この活動停止期間でそのことをよく考えるのだな。そなたらは頂点に立ったことで浮かれ、自分たちが成功した理由を顧みなかったのではないか? 活動停止が解け、再びトップギルドに返り咲けるように猛省するのだな。では私はこれで失礼するよ。私も暇ではないんだ」

役人はギルドを去っていく。

「くそっ! くそっ! くそっ!」

クロードは床を殴り続ける。

「ちょっとやめなさいよっ! クロード。他のギルド員が見てるわよ」

「あ、ああ。すまない。ちょっと気が動転してな」

「とりあえずは役員室に移動しましょう。今後の話はそこで」

「ああ」

ドロシーに連れられ、クロードたちは役員室に移動していく。

しかしギルド長のクロードの悪態。ギルドの無期限活動停止。さらには剣聖ルナシスの脱退。

様々な悪材料は他のギルド員を一層不安にさせていったのだ。

◇【フィルド視点】

「この先に霧の迷宮があるんです」

「霧の迷宮!?」

「ありました。ここが霧の迷宮です」

俺とルナシスは深い霧の中に入って行く。俺はもはやルナシスに何も言わなかった。彼女は自分から語ると言っていた。然るべき時が来たら。だから俺はそれを待つだけだ。

それに何となく予想がついていた。さらにいえばエルフの国に案内してくれるのなら俺はそれで構わない。彼女が何者かなど些末(さまつ)な問題だ。

俺たちは霧の迷宮をしばらく歩き進む。

霧がかかった道がいくつもあった。

「この先は崖です。足元が見えづらいので気をつけてください。落ちたら死にます」

「そうなのか……」

恐ろしいな、霧の迷宮は。

「こっちもです。正解はこっちです」

俺たちは迷路のような複雑な道を行く。ルナシスの指示に従うのみだ。

「そして、正解はこっちです。この先を行けばエルフの国にたどり着きます」

これは普通の人間ではエルフの国にたどり着けないわけだ。運よく霧の迷宮にたどり着いても、中に入ったが最後、生きては帰ることはできない。

ルナシスが手を差し伸べてくる。

「え？　なに？」

「ここからさらに霧が濃くなるんです。前が全く見えない程。フィルド様とはぐれてしまうかもしれません」

ルナシスは顔を真っ赤にしながら言う。

「あ、ああ。わかった」

俺はルナシスと手をつなぐ。ルナシスの手の温もりが伝わってくる。

「フィルド様の手、とても温かいです」

「ルナシス、まさか単に俺と手をつなぎたかっただけなんじゃ」

「さっ！　行きましょうか！」

ルナシスは気にせず歩き始める。俺は従うより他にない。そして言葉通り、前すら見えない深い霧の中、歩き続ける。そんな中、光が差し込んできた。

「この霧を抜ければその先はエルフの国です」

「ついに、エルフの国に」

俺たちは深い霧を抜けた。まさしく霧の迷宮だった。

◇

そこの風景は見事なものだった。豊かな緑。青い空。そして綺麗な川。草原では色鮮やかな花が咲き乱れており、どこか幻想的ですらあった。

「ここがエルフの国か」

「はい。ここがエルフの国です」

ルナシスは俺にしか見せないであろう笑顔を浮かべる。

俺は感動で震えていた。こんな素晴らしい光景がこの世界にあったのか。エルフは他種族と交わらない種族だという。いわばエルフの国は鎖国状態にあった。

その結果、人間による汚染を免れてきたのだ。この地上にこんな綺麗な自然が残っていたのか。あまりの衝撃に俺は涙すら流しそうになった。

「……ありがとう。ルナシス」

「いえいえ」

「何かお前にお礼をしなきゃな」

「じゃあ、私と正式にパーティーを組んでください！」

「それは断る！」

「ええ!?」

「なんでもとは言ってないだろ」

「じゃあ。んーっ！」

ルナシスは唇を近づけてきた、目を閉じて。

「な、なんだよそれは」

「キスです。ご褒美にキッスしてください。んーっ！」

「ば、馬鹿！　よせっ！」

俺は何とか免れようとする。俺はその時、一線を越えるつもりはなかったのだ。

——と、その時のことであった。

「あっ！　姫様だっ！」

「姫様っ！　姫様だっ！」

エルフの少年少女が駆け寄ってくる。兄妹だろうか。人間の年齢にして5～7歳程度に見えるがエルフは長命な種族だ。一体何歳なのか見当もつかない。18歳の俺より年上だったりするのだろうか？

「姫様……!?」

「……久しぶりね。元気にしてた？」

「うん！　元気だった！　姫様は!?」

「私は勿論、元気よ」

「隣の人は誰!?　恋人!?」

エルフの少女が聞いてくる。やはり人間の子供と同じだ。目下の興味はやはり他人の恋愛事情なのだろう。

「ええっ!?　フィルド様!!　この娘、何を言っているのかしら。どう答えればいいと思われます!?」

ルナシスは顔を真っ赤にしてもじもじと聞いてくる。

「他人だ」

「ええ!?」

「ただの他人。案内人だ。そして暫定的なパーティーメンバーだ」

「なんだ!!　姫様の恋人じゃないんだっ！」

「それよりルナシス、どういうことだ？　姫様って」

「実は――」

ルナシスはつけていたイヤリングを外す。そのイヤリングは魔道具のようだった。他人の視覚を惑わすイヤリング。そのイヤリングを外したルナシスの耳は元の尖った姿を取り戻す。

「実は私、エルフなんです」

そう、ルナシスは俺に告げてきた。

◇

「エルフ……」

「はい。エルフなんです。私」

エルフ特有の尖った長い耳を見せ、ルナシスがそう言ってくる。

「驚きましたか？」

「……え？　別に？」

「ええっ!?　なんで驚かないんですか!?　エルフですよ!!　エルフ！」

「いや、だって明らかにそれっぽかったしな」

エルフの国の場所を知っていたのも、深緑の森でも霧の迷宮でも迷うことなくエルフの国にたどり着けたのも、『ルナシスがエルフだから』の一言で済んでしまう。

「それよりどうして黙ってたんだ？　いや別に黙っていたのはいい。言いたくないことは言わなくていいんだ。ただ少し気になった」

そもそも俺たちは暫定的なパーティーでしかない。だから別に隠し事があったとしてもなんとも思わない。

「はい……もし私がエルフだとわかったらフィルド様に距離を置かれちゃうんじゃないかと思って」

「安心しろ。距離は置かない」

「本当ですか!?　嬉しいです」

「ああ。俺たちはずっとこのままの距離だ」

「距離縮まらないいんですか!!」

「当たり前だ!!　俺のソロライフは誰にも邪魔させない！」

ルナシスの正体はわかった。まあ、けど薄々わかっていたし。それよりも気になることがあった。

「姫様、ってどういうことだ？」

さっきエルフの子供たちが姫様と言っていた。

「姫様は姫様だよ！」

「そうそう、姫様！」

エルフの兄妹が言う。

「そうか……ルナシスはエルフの国の王女だったのか」

「はい。王女です。私はエルフの国の王女」

それよりも疑問だったのはなぜエルフの国の王女が正体を隠し人間の世界に紛れ込んでいたのか。確か前に組織に馴染めなかった、とか言っていたな。組織というのは国だ。使命を受け入れられなかった、というのは要するにエルフの王女としての使命を受け入れられなかった、ということだ。

多分そこら辺が理由だろう。だが特別俺から聞きたいことでもない。ルナシスが自然と話してくるだろう。話したくなった時に。それで十分であった。

「案内してくれないか？　エルフの国を」

「はい。エルフは排他的で他種族をあまり受けつけない性質があります。それはこう身を潜めるようにして生活していることからも理解できると思います」

「……そうか」

確かにルナシスも俺にだけはなついているが、他の人間への態度からするに冷淡な印象だった。ああいう態度が人間に対する、本来のルナシスの接し方なのかもしれない。

「ですがエルフの王女である私がいればフィルド様もきっとすんなりと受け入れられると思います。この子たちもそうです」

ルナシスはエルフの兄妹を指し示す。

確かに。エルフの王女であるルナシスがいれば、ただの人間が紛れ込んできたよりはすんなりとエルフの国に入っていくことができるだろう。

エルフの国にたどり着くまでの暫定パーティーだと思っていたが、今はルナシスがいた方が何かと都合がいい。

まあいい。暫定期間延長だ。エルフの国にいる間はルナシスと行動を共にした方がいい。

「エルフの国にいる間は一緒に行動してくれないか？　ルナシス」

「はい！　勿論です！　フィルド様。私は別にエルフの国から離れた後も継続してパーティーを組んでくれても構いません！」

「いや、それはお断りだ」

「ええ――――!?　なんでですか――――――――――!?」

だから言っただろう。俺は一人でいたいと。

◇

俺たちはエルフの兄妹とさっきまでいた森の外れから人里へ向かっていく。

エルフの兄妹は兄の名はダノン、妹の名はサナというらしい。会話の中でそういう情報が自然と出てきた。可愛らしい子供ではあるが、見た目は子供というだけでエルフなのだから案外俺の数倍は年がいっているのかもしれない。

「どうだった？　ダノン。エルフの国は？　何か変わったことある？」

「それが、なんか皆、元気がないんだ」

しょんぼりとした口調でダノンは呟く。

「元気がない？　どうして？」

ルナシスはエルフの王女ではあるが今までの話の流れからすると、帰ってきたのは久しぶりのことのようだ。だから王女ではあるが、エルフの国の情勢には疎かったのであろう。

「それがなんだかエルフの森がおかしいらしいんだ」

「エルフの森がおかしい？」

「うん。森のまりょく、がどうのこうの、こかつがどうのこうの言ってたけど、サナ、よくわからなかった」

「それで大人たちは大慌てなんだよ」

「そうそう。大慌て、大慌て」

「それにその森の影響で病気も流行(はや)っちゃって」

エルフの生命力は森と密接な関係にあるとされていた。森の魔力が弱まると必然的に、エルフの生命力も弱まってくる。

その結果、病(やまい)にかかりやすくなることは考えられた。

「それでイルミナ様も病気にかかっちゃって」

「イルミナが!! それは本当なの!?」

ルナシスが叫ぶ。その取り乱しようは、普段のルナシスからは考えられなかった。それほど重要な人物なのか。家族か、親密な間柄の人物であるように思える。

「う、うん。そうなんだ。それもあって国中が大慌てなんだ」

「森を何とかしないとまずい、って皆騒いでるの」

「ルナシス。イルミナ、っていうのは誰だ?」

「フィルド様。すみません。イルミナというのは私の妹です」

「妹?」

「はい。私が第一王女としての責務を放棄(ほうき)し、人間の世界へ逃げ出していった後、全(すべ)ての責務を引き受けてくれた第二王女。私の妹です」

「……そうか」

ルナシスの沈んだ表情。きっと妹を心配しているのだ。人間の世界へ逃げ出してきたと言っていたが、それでも妹との関係は悪くはないようだった。

姉妹だから、家族だからというだけで無条件に愛情を抱くとは限らないが。それでもルナシスは妹のイルミナのことをそれなりに想ってはいるのだろう。

心痛なその表情から察することができた。

「とりあえずはそのイルミナのところに行かないか？」

「フィルド様、いいのですか？」

「心配なんだろう。それに俺はお前がいないと行動しづらい。ルナシスと今、離れるのは問題なんだよ」

「フィルド様、ありがとうございます」

涙すら浮かべ、ルナシスは礼を言ってくる。

「大げさだな。礼を言いたいのは俺の方だよ。だってルナシスがいないと俺はまともにエルフの国も歩けそうにないんだから」

こうして普通にダノンとサナがなついてくれているのも、ルナシスが一緒にいるからだ。そうでなかったら警戒するだろうし、人間の俺を見たら即座に逃げ出しているかもしれない。ルナシスと一緒にいることでエルフの人々の警戒心が解かれるのだ。

「ありがとうございます！　フィルド様」

「だから礼はいいって。それよりじゃあ、そのイルミナのところへ行こう」

「はい！」

会ったところで俺たちにどうこうできるかはわからない。だが妹のイルミナに実際に会うことでわかることもあるだろうし、前に進めることもあるはずだ。

俺とルナシスはイルミナがいる、エルフの王城へと向かった。

俺たちは大きな城の前にたどり着く。

「ここがエルフ城か」

城門の警備をしていた門番二人は人間の俺に対して警戒感を示したが、すぐに隣にいる人物を認め、敬礼した。

「ルナシス様」

「ルナシス様ではありませんか。いかがされたのですか？」

その様子から随分長いこと、ルナシスはエルフの国に戻っていなかったのであろう。エルフの森の問題がいつ発生したのかは知らないが、そのことからもそれを察することができた。

「隣にいる方、フィルド様がエルフの国を訪れたいということで案内してきたのです」

「そのお方は人間ですか？」

「はい。私の恋人です！」

「なんと！　恋人ですか！」

「違います」

「もうなんでですか！　フィルド様！」

ルナシスは声を大きくして訴える。

大体、ただでさえ人間だというだけでいらぬ誤解を受けそうなのに、王女であるルナシスの恋人だなんて疑われた日には余計にトラブルに巻き込まれそうだ。

「ただの暫定パーティーメンバーです。気にしないでください」

「もう！　フィルド様ったら！」

「それより、中に入らないか？　妹のイルミナが心配なんだろう？」

「それもそうですね。そこを通してください」

「わかりました。ルナシス様」

当然のように門番はあっさりと俺たちを通した。

こうして俺たちはエルフの城に入っていったのである。

「ええい！　まだかっ！　まだ森の魔力の問題は解決しないのかっ！」

「申し訳ありませんっ！　様々な方法を模索しているのですが、なかなか解決策が見つからず」

一人の男が怒鳴っていた。兵士と思しき男を激しく叱責する、王冠をした男。威厳のある高級そうな服。

しかし、やはりエルフは長命であまり年を取らないのだろう。髭を生やしてはいるが、それでもそれなりに若そうだった。人間なら、せいぜい30代半ばから40代といったところ。

だが当然、エルフであるから、見た目通りの年齢ではない気がする。

レディに年齢を聞くのは愚の骨頂ではあるが、ルナシスって何歳なんだろうなぁ。

１００歳とか超えてるんだろうか。だとすると俺との年齢差が80歳とかになってしまう。

流石の俺でもそんな無神経に地雷を踏みに行くような真似はしないが。

「んっ⁉　なんだ貴様ら！　お、お前は！　ルナシスかっ！」

「お久しぶりです。お父様」

ルナシスがお父様と言った。俺も見ただけで国王だろうと思っていたが、これではっきりした。

「ルナシス！　貴様！　今更何をしに帰ってきた！　王女としての責務を妹であるイルミナに全て押しつけ！　貴様のせいでイルミナは病に冒されたようなものなのだぞっ！」

「申し訳ありませんっ！　お父様！　私の身勝手な行いで」

「謝っても何も解決せんっ！」

「その通りです」

「だが、お前を責めたところで何一つ解決しないのも事実だ」

流石に国王も血のつながった娘相手には多少なりとも手心を加えてしまうのだろう。少しばかり緩んだ態度をみせる。

「お父様、イルミナはどこにいますか？」

「イルミナか？　自分の部屋にいるぞ」

「ありがとうございます。お母様は？」

「つきっきりで看病している。そんなもの使用人にやらせればいいと言っているのだが、自分がやると言って聞かぬのだ」

「ありがとうございます。お父様、イルミナのところへ向かわせて頂きます」

俺たちはイルミナがいる自室へと向かった。

◇

「しっかりして！　イルミナ！」

「げほっ！　ごほっ！　ごほっ！」

俺たちはイルミナのいる部屋へ入った。しかし聞こえてきたのは慌ただしい声であった。

美しい少女がベッドで咳き込んでいる。そしてそれに寄り添っているのが、その母――見た目はせいぜい姉としか思えないが、国王の口ぶりからして王妃なのだろう。

彼女が介抱していた。金髪の美しい女性であった。やわらかい物腰。そして引き締まった体つきではあるが、男性の目を引くような豊かな胸をしていた。

ベッドで寝ているイルミナは、ルナシスより若干体が小さいようだ。そして控えめな体つきをしていた。ルナシスと比較するとスレンダーというよりも幼児体形に近いように感じた。

やはり妹であるからだろう。二人とも金髪で美しい見た目をしており、流石はルナシスと同じ血が流れているだけのことはあると思えた。

正式にパーティーを組むつもりはないが、だからといってルナシスが絶世の美少女であることを否定するつもりはない。

「お、お姉様……」

「ルナシス……どうして、あなたが」

「お久しぶりです。お母様、イルミナ」

「……お久しぶりです。お姉様」

弱々しい言葉でイルミナは告げる。何らかの病に冒されているのだろう。そしてその程度もそれなりに重そうであった。

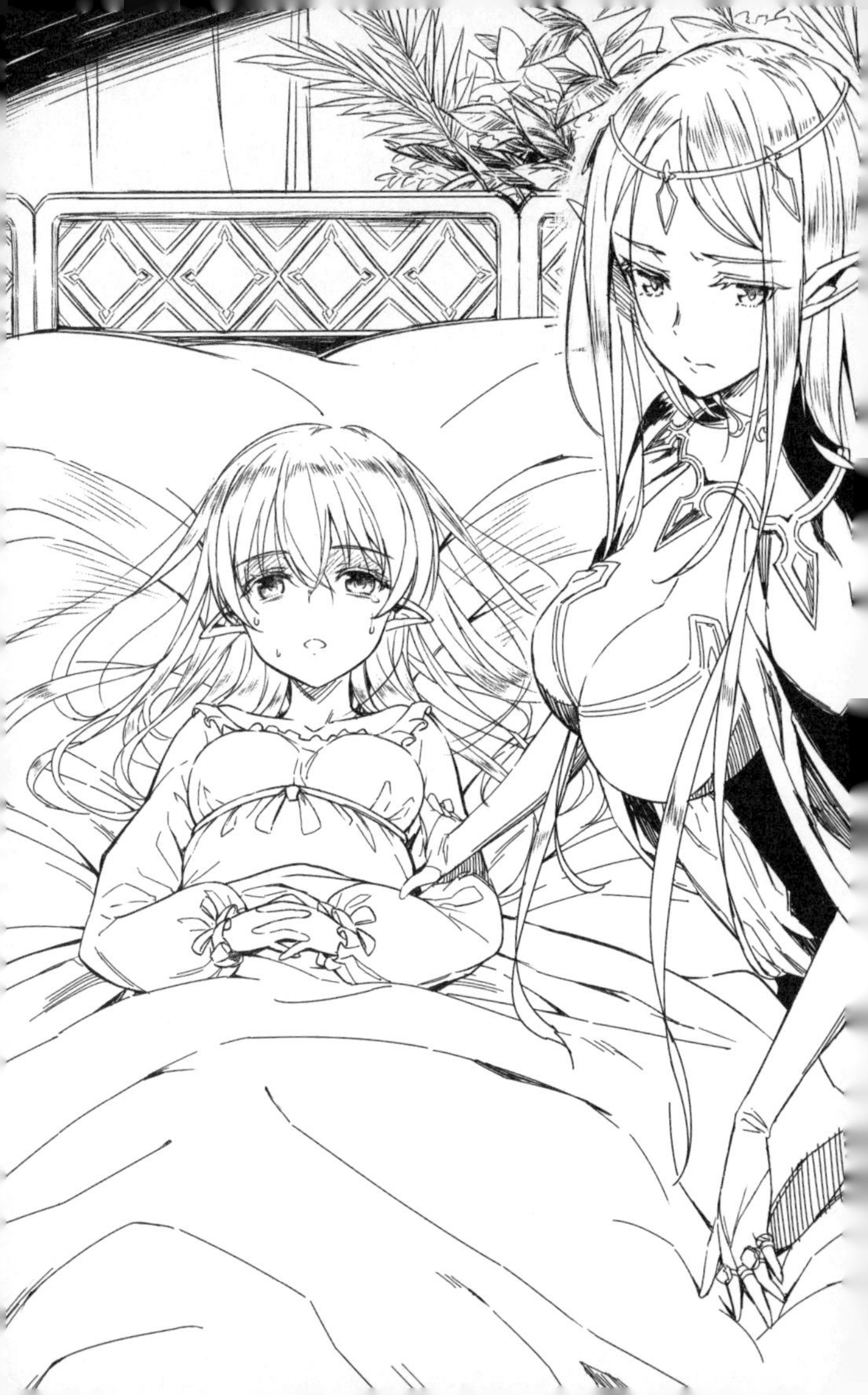

「そちらの男性の方は……人間ですか？」

イルミナが聞いてくる。

「そうです。彼はフィルド様といいます」

「フィルドと申します。はじめまして」

「フィルド様は……お姉様の何なのですか？」

「ただの暫定パーティーメンバーです。それ以上でもそれ以下でもありません。下心があって彼女と一緒にいるわけではないことを予め（あらかじ）お伝えしておきます」

ルナシスが余計なことを言うより前に俺はそう釘（くぎ）を刺した。それに今はチャラけていられる空気ではないのだ。それほどに空気が重々しい。

「そうなのですか……パーティーメンバー」

「それでルナシス、今更何しに帰ってきたの？」

「……それは」

母の叱責するような目。かつてルナシスは自分の役割を放棄し、逃げ出すようにして人間の世界に来たと言っていた。そしてそれは俺に対する憧れ（あこが）にもつながっていた。

何か理由があるのかもしれない。

「よかったら話してくれませんか？」

「フィルド様」

「人間のあなたに何ができるのですか？」

王妃は厳しい目つきで言ってくる。やはり人間ということで警戒しているのであろう。

「わかりません。ですが事情を知ればもしかしたらできることのひとつやふたつあるかもしれません」

「思い上がるのもいい加減にしなさいっ！　一体人間に何ができるというのですかっ！　エルフの国民がどれほど苦慮(くりょ)しても解決できていない問題なのですよっ！」

「……お母様、いいではありませんか、事情を話すくらい。それで別に何を失うわけでもありません」

「イルミナ」

「私の口から語らせて頂きます」

イルミナはそう言い、語り始めた。病に冒された体から発せられる言葉は実に弱々しく、儚(はかな)げでもあった。

◇

「我々エルフの民と森の魔力は密接な関係にあります。森の魔力はエルフたちが新たに誕生したり成長したりすると回復します。ですがエルフはもともと成長性に乏(とぼ)しく、また新しく子供が生まれるのも200年に一人くらいといった程度です」

「森の魔力が枯渇するとどうなるんだ？」

「森の魔力が枯渇するとエルフの民の生命力が低下します。その結果、病にかかりやすくなったりします。そして完全に枯渇した場合、多くのエルフの民が命を落とすことでしょう」

「それじゃイルミナ様は森の魔力が枯渇した結果、病になったのですか？」

「それは少し違います」

　王妃は補足する。

「高い魔力を持ったイルミナはその魔力を森に捧げることで、魔力の枯渇を防ぐ役割をしていたのです。しかし、膨大な魔力を持ったイルミナでも限度があります。森に捧げていたイルミナの魔力は有限。いずれは枯渇します。そして今のイルミナは魔力が枯渇しかかっている状態なのです」

　王妃は語る。

「そうして森に魔力を捧げるのが王女の務めなのです。しかしそこにいるルナシスはその王女の役割を放棄し、人間の世界へと逃げ出していきました」

　ルナシスは顔を伏せる。

「その結果、その責務は第二王女であるイルミナが負うことになりました。イルミナは自分の体を犠牲にし、森から魔力が枯渇するのを防いでいました。ですがそれももう限界です。そのうちイルミナの魔力は完全に尽きることでしょう。今でさえエルフの民の多くが病に冒されているのです。早晩多くの国民が命を落とすこととなります」

　王妃はルナシスを視線で責めた。

「ルナシス、あなたが王女としての使命から逃げたからですよ。そのせいでイルミナは！」

「ち、違うんです！　お母様！　私はそんなつもりでエルフの国を出たんじゃないんです！」

　ルナシスは反論をした。

「何がどう、違うのですか？　説明してみなさい」

「それは――」

　ルナシスは説明する。彼女は彼女なりに考えてはいた。確かに、ルナシスが魔力の供給に協力すればイルミナの負担は減る。だが、それでは根本的な解決にはならない。国に縛られ続けるのは嫌だったのだ。

　自身が強くなれば解決の糸口が摑めるかと思った。そしてルナシスは外の世界で剣聖と呼ばれるまで強くなったのだ。だが、それでは根本的な解決にならない。

　次に考えた手段が、「子を作ること」だった。

　ルナシスは、子を作って、あるいは配偶者と共に国に戻れば風向きが変わると思っていた。

　だからフィルドに猛アタックしていた。

「それで、連れてきたのがその人間の男ですか？　そんな男が一体、何の役に立つというのですか？」

王妃は白い目で俺を見やる。王妃も理解しているはずだ。娘であるルナシスにきつく当たったところで根本的な解決にはならないと。だが、苛立ちを抑えきれない程に、追い詰められた状況にあるのだ。

「お母様！　フィルド様は素晴らしい力を持っているんです！　きっとこのエルフの国の危機も救ってくださいます！」

イルミナは俺を庇った。

「どうだか……人間など、信用できるものではありません」

「ごほっ！　ごほっ！」

イルミナがまた咳き込む。顔が青い。いつ命の蠟燭の火は燃え尽きても不思議ではない。

「イルミナ！　しっかりして！　イルミナ！」

王妃はイルミナを介抱する。

「わかりました。お母様！」

「ルナシス……」

「私がイルミナの代わりをします。森に魔力を捧げる。そうすればしばらくの間とはいえ、問題は解決するでしょう」

「ですが、それでいいのですか？　お姉様」

イルミナは聞く。森に魔力を捧げる。それはルナシスがエルフの国に根付くということを意味した。もう飛ぶことはできない。鳥籠の中の鳥となることを意味する。

　そしてルナシスは遠からずイルミナと同じような姿になることだろう。弱り、そして最後には朽ちる。ただただ森に魔力を捧げるためだけに一生を過ごす、そんな惨めな人生が続くのであろう。

「もっとまともな解決法を思いついた」

　俺はそう切り出した。

「……なんですか？　解決法？　そんなものあれば既に行っています。今行っている以上の方法など」

「王妃様、黙って俺の話を聞いてください。イルミナもルナシスも犠牲にならなくていい、そんな方法があるんです」

「ば、馬鹿なっ！　そんな方法などあるはずありませんっ！」

「それがあるんです。この森の魔力の問題、少しの間、俺に預けてくれませんか？」

「フィルド様！　よろしいのですか？　フィルド様がそこまでする義理はエルフの国には」

「いいんだ。俺はエルフの国に来たかったんだ。ルナシスは案内の役割を十二分に果たしてくれた。少しばかり礼をしたい」

「フィルド様……ですが、どうやってこの問題を解決するつもりなんですか？」

「さっきの話だと、新しくエルフが生まれてくるか、エルフが成長すれば魔力は復活するんだろう？」

「それが何だというのです？　あなたに何ができるのですか？」

「聞いてください。王妃様。俺に考えがあるんです」

「考え？　なんですか？　その考えとは――」

「その考えとは――」

俺はエルフを成長させる、とっておきの秘策を話し始めた。

◇【追放者サイド】

「くそっ！」

クロードは悪態をついて物に当たる。

「ちょっとやめなさいよっ！　クロード！　そんなことしても何にもならないわよっ！」

ギルド『栄光の光』は国から活動停止命令を下された。それに伴ってクエストの受注、遂行など大半の営業収益を担っていた活動を強制的に止められる。また人員の新規募集などの採用活動も停止させられていた。

辞めたら入ってくる者がいないのだ。必然的にギルド員はただただ減っていくことになる。

それでもクロードはギルド員をつなぎとめようと必死であった。そのためには、働かなくてもギルド内にいさえすれば、それなりの給料を払わなければならない。

　そして何より暇で退屈であった。クロードたちは役員室でひがな一日ぼーっとする。まだ訓練をしたり、まともに経験値を稼ぎにでも行けば話は違ってくるのだが、フィルド頼みで楽して経験値を上げた彼らに、そんなことをする甲斐性はこれっぽっちもなかった。

　時間が余ると人はあれこれ考える。あーでもない、こーでもない。必然的に考えはネガティブな方向へと進んでいった。

「これからどうするんだ？　俺たち」

「知らないわよ、そんなのもう」

　クロードの言葉にドロシーがそっぽを向いて悪態をつく。

「どうすりゃいいんだろうな」

「それを解決するのがギルド長のあんたの役割でしょうが」

　頂点は維持するのが難しく、転落は早い。そのことを頂点に立った時の彼らは知らなかった。有頂天になり、周りが見えていなかったのだ。

　人は成功した時、なぜ成功したのかを分析することをしない。ついつい、自分たちの力だと過信してしまう。その結果、失敗や破滅への道を辿る。

　失敗は成功の母。よく知られている言葉ではあるが、成功は失敗の父であるということはあまり知られていない。

「フィルドか」

自分たちが成功してきた要因が、こき使ってたあのポイントギフターだったのだと今更ながらに気づかされた。

しかし後悔してももう遅かった。フィルドが『栄光の光』に戻ってくることはない。さらには頼りの綱だった剣聖ルナシスもフィルドを追って『栄光の光』を去ってしまった。

「ともかく先行き不安だな」

「そうね」

「大変です！　クロードさん！　ドロシーさん！」

役員のカールが飛び込んでくる。回復術をまともに使えなくなった彼はもっぱら小間使いをしている。

「なんだ？」

「活動停止中にギルド員をつなぎとめていた給料なんですが、そろそろ満額支払うのが難しくなってきたんです！」

「なんだと！」

「このままだと資金が尽きて、そもそも給料を払うことすら難しくなります！」

「んだよもう！　ああっ！　ちくしょう！」

クロードは髪を掻き毟った。本来は流れるような美しい黒髪がくしゃくしゃになるが、クロードにそんなことを気にかけている余裕はなかった。

営業活動をしていないということは収益がないということである。収益がないまま支出が続いたらどうなるか。誰だって理解できるであろう。自明の理だ。

当然のように時間と共に資金は減り、最後には尽きる。

「しゃあねぇな」

「どうするんですか？」

「金がねぇんだ。払い渋るしかねぇだろ」

「支払いを待ってもらうんですか？　あるいは給料を下げるんですか？」

「それ以外に何がある？」

「ですが、それをすると不満が膨らみ離職者が出ますよ」

「仕方ねえだろ！　そんなの俺だってわかってんだよ！　でも他に方法がねぇから俺はそうするって判断したんだろ！」

クロードは八つ当たりのように叫ぶ。カールは押し黙った。クロードの言っていることももっともだった。借入金を増やし、給料の支払いを維持することはできる。しかしそのやり方は遅かれ早かれ自分たちの首をさらに締めることになるだろう。

第一、『栄光の光』が活動停止命令を受けたことを、情報に聡い銀行などの金貸し連中が知らないはずがない。彼らにとって情報は命だ。

そんな危ないギルドに金を貸すものがいるのか怪しかった。貸したとしても高金利の闇金のような連中だ。

そいつらからしたら、ギルドは土地や建物、それから装備など、なんだかんだ実質財産を保有している。それらを換金すれば回収できなくもない。

何より人間だ。クロードは悪条件で過酷な労働を強いられるかもしれない。最悪は臓器の剔出、魔道具の人体実験などで研究材料にされるかもしれない。

そしてドロシー、特に女は簡単に金にできる。若い女、さらに見た目が良ければ猶更だ。風俗はどこの国にも存在する。男の性欲を満たすことが女にとっての最も簡単で確実な商売だから。

そのような破局めいた想像がクロードの頭をよぎる。

「しゃあねぇ、行ってくるか」

ギルドマスタークロードは、ギルド員のところへ向かった。

「えっ!!　給料が払えないんですか？」

「は、払えないんじゃねぇ！　ちょっと待ってほしいんだ!!　一カ月、いや二カ月でいい！」

「そんなの払えないってことじゃないですか！」

「そうだそうだ！　それを払えないっていうんだ！」

「大体活動停止になっているギルドが一、二カ月経（た）って、どうなるってんだ！　余計状況が悪くなるだけじゃねぇか！」

「ぐっ」

　正論を言われ、クロードは口ごもる。

「わ、わかった。半分だ。半分払う。それで勘弁（かんべん）してくれねぇか？　なっ。俺たちのギルド『栄光の光』にいて、結構いい思いをしてきただろ。夢見れただろ？　だから今は少しばかり我慢（がまん）を」

「ああ。やってられないわ」

「本当本当。やることないし。ギルド内は掃除しまくって、もうピカピカよ」

「私も退屈で飽（あ）き飽きしてきたわ。仕事がなくて楽かと思ってたけど、何もすることがないのは、退屈で苦痛なものね」

「本当、本当。やることないって案外苦痛だよな。危険なモンスターと向き合わなくていいけど」

「やっぱり冒険者はスリルがなきゃよ。それにいつまでもこう暇してちゃ、剣の腕も錆（さび）ついてしまうぜ」

「本当、本当！　モンスターを倒さなきゃ経験値も入らないし、レベルだって上がんないわよ！」

「待ってくれ！　頼む！　お前らにいなくなられると困るんだよ！　ここは少しばかりの我慢を」

「だから、その我慢も限界だって言ってるんですよ」

「ほんと、ほんと」

ギルド員は揃って悲鳴を上げ始めた。優秀なものほどそうだ。優秀なものにとって退屈は何よりも苦痛なのである。時間を無駄にしている感覚が彼らを苛む。

無論武術訓練などはできるが、実戦経験を積めない。どこか間延びしてしまうのも致し方ない。

「待ってくれ！　この通りだっ！　頼むっ！」

クロードは地に頭をつけて頼み込む。いわゆる土下座だ。

「俺らだって、将来に明るい展望が見えれば我慢しますよ。今は忍耐の時だって。昔は確かに明るい展望が見れたから耐えれた」

「そうそう。将来何も良いことが起こりそうにないのに、なんで不満な現状を我慢しなきゃいけないわけ？　そんなことする奴、ただの馬鹿じゃん」

「つーわけでクロードギルド長、俺たちこのギルド辞めさせてもらうんで」

「ええ」

優秀なギルド員は踵を返した。

「なっ！　待ってくれ！　お前らっ！　お前らがいないと俺たちが困るんだよ！」

「それはあんたたち役員の都合でしょ」

「ねぇ。私らには関係ないわ」

「待て！　待ってくれ！　待てよ！　なんだよもう、ちくしょう！」

最後には観念してクロードは近くにあったテーブルを殴った。拳が痛むのみである。

「クロードギルドオーナー。退職の書類はちゃんと提出しておくんで」

「じゃあ、事務手続きお願いしますよ」

「それじゃあ、今までお世話になりました」

ギルド員が去っていく。

「なんだよ。あんなに良い時代があったのに。皆で夢語ってたのに。生き生きしてたのに。こんな幕切れになるなんて、そんなのあんまりじゃねぇか！　ちくしょう！」

クロードは再度机を殴る。

「ふあああああ――――――――！　あー眠い、はあ、時間きたら帰りに風俗街寄って一発抜いてくか」

残ったのはろくでもないギルド員のみだ。机に足をあげ、あろうことかエロ本を読んでいる男。ぼさぼさの髪にボロボロの靴を履いた汚らしい男だ。

「へへっ……酒だっ！　仕事もせずに酒が飲めるならそれがいいやっ！　最高！」

ギルドの勤務中にも拘（かか）わらずひたすら飲酒し、ツマミを口に運ぶ男。

要するにまともなギルド員は残っていなかった。働きもせず給料が出るんだからそれでいいと考えている意識の低い連中だ。

こうしてトップギルド……だった、と言った方がいいかもしれない『栄光の光』の転落劇はさらに加速していくこととなる。

◇【フィルド視点】

「フィルド様に森の問題を解決する、案があるのですか？」

イルミナは聞いてきた。

「ああ」

「それは一体……どんな」

「さっきの話からすると森の魔力はエルフの民が生まれてくるか、成長すると回復するんだろう。成長っていうのはつまりはレベルアップだ」

「レベルアップですか？」

「ああ。今更エルフの子が新たに誕生するとは考え辛（づら）いだろう。エルフの民の出生率は極端に低いらしい。これは長寿（ちょうじゅ）からくるものだとは思うが。長寿なのに出生率が高かったら、世界中がエルフだらけになるものな」

「それは確かに、そうですけど。だったらどうしようもないではないですか。新たにエルフの子は生まれないのです。正確に言えば生まれにくいのですが同じことではないでしょうか？」

　イルミナは問う。

「だから言っただろう。レベルアップだって」

「レベルアップですか？　でもどうやって。私たちエルフはレベルがなかなか上がらないのです。成長性が低いですから」

「成長性が低いっていうのはいわば経験値獲得の効率が低いってことだ。それだけ成長させればいい」

「成長？　どうやって？」

「俺の経験値分配能力者（ポイントギフター）としての能力を使えばいい」

「経験値分配能力者（ポイントギフター）？」

　イルミナは首を傾（かし）げる。

「だから、レベリングだよ。俺が誰か、エルフの騎士団でもクエストに連れていく。そしてそいつらに経験値を稼がせる。俺の経験値分配能力は取得した経験値を任意に分配することができるから、それをエルフの民みんなに分け与えればいい」

「分け与えるとどうなるのです？」

「レベルの高い騎士団では経験値稼いでもレベルは上がらないだろうが、エルフの民なら上がる」

俺はそう説明する。

「そっ！　そんなっ！　そんなことができるのですかっ！　フィルド様はっ！」

イルミナは目を丸くしていた。相当な驚きだったのだろう。

「ああ。できる。問題は連れていくエルフの騎士団。経験値を取得するメンバーだ。数は多いほどいい。何せ俺は取得する経験値を10倍にさせることができる。後は倒すモンスターだな、当然経験値が高い方がいい……それだけ強敵になるが」

俺は考える。どいつがいいか。できるだけ効率的に経験値を稼げる奴がいい。無駄な時間は使えない。何せ森の魔力は今現在も減り続けているのだ。俺の見立てではイルミナの命は長くない。そうだな。数日というところだ。数日でイルミナの魔力は失われ、それと同時に生命力も失われる。

その結果、森の魔力も枯渇し、多くのエルフの民が死ぬことであろう。縁もゆかりもない土地ではあったが、それでもエルフの国は美しい。住んでいる人たちもまた良い人たちなのだろう。行きがかり上、ほっとけないし、彼らを見捨てるほど俺も冷血漢ではなかった。

「フィルド様！」

ルナシスは目を輝かせる。

「なんだ？　そんなに嬉しそうな顔して？」

「フィルド様は我々エルフの国をお救いになってくれるのですねっ！」

「当たり前だろ。案内してくれた駄賃だ」

「フィルド様にとってはエルフの国を救うことはお駄賃をあげるようなものなのですかっ！」

「だから興奮しすぎだって。少しは冷静になれ」

「冷静になどなれるはずもない！　何せエルフの国をお救いになるのですからっ！　フィルド様は私たちエルフの英雄ですっ！」

ルナシスは目を爛々と輝かせていた。

「落ち着けって。まだ俺は何もしていない。これからしようとしているところだ」

「はいっ！」

それでもルナシスは肩で息をするように、大いに興奮している様子であった。

「まずは討伐するモンスターだ。このエルフの森の近くで、何か経験値の高いモンスターはいないか？」

「それは……そうですね」

「北の森、それから山岳を抜けた先にある平原に巨大なモンスターが現れるそうです」

イルミナが姉に代わって答える。

「はい。なんでもその大きさは我がエルフの国を呑み込む程巨大なものであると言われています」

「巨大なモンスター？」

「へー……それほど巨大なモンスターだったら倒すのも難しくないかもな」

「で、ですができるのですか!? フィルド様に」

「俺だけじゃない。エルフの騎士団も連れていく」

「私も参ります!! フィルド様！」

ルナシスが名乗りをあげる。

「わかった。引き続き暫定パーティーを延長だ」

「はいっ！ わかっておりますっ！」

「いいか、言っとくけどあくまで暫定だぞ。このエルフの国を救ったら解除だからなっ！」

「はいっ！」

ルナシスはそれでもにこにこと笑顔を浮かべていた。こいつ、暫定ってことすっかり忘れてるんじゃないか。まあいい。

「で、ですが!? それでもできるのですかっ!? 危険ではありませんかっ!?」

イルミナは俺たちのことを心底心配しているようだ。それだけ巨大なモンスターならば当然か。

「イルミナ様。危険を冒さなければ何もできません。それにわかっているのですか？　イルミナ様。このままではあなたの命はもう」

長くない。俺は言葉を紡ぐのをやめた。イルミナの悲痛な表情がさらに悲痛さを増したからだ。

「わかっております。フィルド様。私の命はもう長くない。もって数週間。いえ、もって数日かもしれませぬ。森に魔力を注ぎ続けた結果、私の中の魔力は殆ど空になっております」

「そうだ。自分の命よりも他人が大事なのか？」

「それは勿論そうです！　私のせいで大勢の人々が傷つくのはとても耐えられません！」

やはりイルミナも王女なのだろう。民を思う気持ちが強かった。それ故に彼女はルナシスの代わりにこの地に留まり、森に魔力を注ぎ続けたのだ。

「俺は別にイルミナ様だけを救うとは言っていません。俺はエルフの国を救うと言ったのです。エルフの国を救った結果、イルミナ様も救われる、それだけのことです」

「でも……」

「何を言っているのです！　イルミナ、他に方法などありませんっ！」

「しかしっ！　お姉様にも危険がっ！」

「安心なさい。イルミナ。フィルド様なら、フィルド様ならきっとやってくださいますっ！」

ルナシスは笑顔を浮かべる。

「ねーっ、フィルド様」

「なにがねーっだ。ルナシス、お前もきっちり働けよ。でないと暫定パーティーとして連れていく意味がない」

「はいっ！　わかっておりますっ！　フィルド様のお役に立てるように、精一杯務めさせて頂きますっ！」

「それじゃあ、後は騎士団に話をつけないとな」

まず国王に。あの国王、頭が固そうだったけど話が通じるかな。まあいい。ルナシスもいるから何とかなるだろう。

まさかただの観光で来たというのに、こんな厄介事に巻き込まれるとは思ってもみなかった。だがしょうがない。実際エルフの国を訪れて、国の現状、人々を目の当たりにした。それで見捨てることなどできるはずもない。

「はいっ！　お父様ならきっと自室にいらっしゃると思います」

「そうか。じゃあ、行こうか」

「はいっ！」

ルナシスと俺は国王の自室へと向かった。

コンコンコン。

「なんだ!?　誰だ!?」

「お父様、ルナシスです」

「ルナシスか。何の用だ?」

「入ってよろしいでしょうか」

「ああ。入ってこい」

「失礼します」

俺とルナシスは国王の自室に入る。アンティークな家具が多くあり、地味な印象を受けるがそれなりに金がかかっていそうだ。いかにも国王らしい部屋だった。何となく性格が出ている。

「どうした?　ルナシス、何の用だ?　貴様、あの時の人間の男か」

国王の顔は若干やつれていた。やはり心労が多いのであろう。

「お父様にお願いがあるのです」

「なんだ?」

「エルフの騎士団をお貸しいただきたいのです」

「エルフの騎士団!!　なぜだ?」

疑問を呈するのも当然だ。理由も聞かずに騎士団をぽんと貸すわけにもいかない。

「端的(たんてき)に言えばエルフの騎士団を連れて、北の森、それから山岳地帯を越え、その先まで行きたいのです」

「行ってどうする!? あそこは大型の危険なモンスターがいるそうではないか！ 山岳と森があることによりエルフの国は守られているが、なぜ自(みずか)らそんな危険地帯に足を踏み入れるのだっ！ みすみすエルフの騎士団を死なせに行くようなものだぞ！」

「私たちはその巨大モンスターを打倒しに行くのです」

「打倒しに？ そんなことできるわけがない！ 仮にできたとしてもそれが何になるというのだ」

「ルナシス、ここからは俺が話をしよう」

俺はルナシスを制する。

「国王陛下。俺には経験値分配能力者(ポイントギフター)としての能力があります。俺の能力は取得する経験値を10倍にする能力があります」

「なんだと、取得する経験値を10倍に!? そんなことができるのか」

「はい。それだけではありません。その効果はパーティーメンバー全員に及ぶ。パーティーというよりは軍全体(レギオン)に効果が及びます。そのため、エルフの騎士団を連れて大型のモンスターを打倒すれば、皆で莫大(ばくだい)な経験値を得ることでしょう」

「それでどうなるというのだ。騎士団のレベルが上がったところで、森の魔力が回復するというのか？」

「俺の経験値分配能力者としての能力には経験値を分配する能力があります。その能力により経験値を皆に分配する」

「分配？」

「ええ。分配します。騎士団の経験値をエルフの民に分け与えるのです。森の魔力はエルフの民が成長することで必ず復活します。それがこの問題を解決する唯一にして最善の方法なのです」

「ふんっ！　信じられるかっ！　人間の与太話などっ！」

「お父様！　信じてあげてっ！　フィルド様はとても素晴らしいお方よっ！　決して嘘をついているわけではないの！」

「何を今更。第一王女としての責務を放棄し、お前は人間の国へ逃げて行ったではないかっ！のこのこ戻ってきおって。それよりもなんだ？　お前。その男の肩をえらく持つではないか？そやつは人間なのだぞ」

「えっ!?　お父様、なんですか？　フィルド様は確かに人間です。それがどうしたのです？」

「ま、まさかルナシス、お前はそこにいる人間の男に惚れているのかっ!?」

「な、なに言ってるのよお父様！　私は確かにフィルド様を好きだし尊敬してるし、愛しています……あれ？　これって普通に惚れているってことじゃないですか！」

ルナシスは顔を赤くして叫ぶ。

「ほっつき歩いてきて、どこの馬の骨ともわからぬ人間の男を拾ってくるとは、どういう了見だ！」

「そんな。確かにフィルド様は人間の男性ではあるけど、決して馬の骨ではないです！　お父様！」

「ええいっ！　認めないいっ！　認めないぞっ！　人間などにっ！　娘はやれんっ！」

「お父様！」

「いえ。別にいらないんですけど」

俺は告げる。

「ええっ！　そんなつれないです！　フィルド様！　そこは『お父さん！　娘さんをくださ い！』って熱烈に訴えるところではないんですかっ！」

「勘違いするな。俺たちはただの暫定パーティーメンバーだ。恋人以前に友達でもない。この関係は今後も揺らぐことはない」

「ぐすんっ」

「国王陛下、俺とルナシスの問題はものすご――」

――く、どうでもいい問題です。今はエルフの国の森の魔力を回復させるのが先ではありませんか？　そしてエルフの民を救うことこそが国王であるあなたの使命ではありませんか!?」

「う、うむ。それは確かにそうだ。できるのか？　そなたなら」

「おそらく……ですが。ともかく他に方法がありません。この問題、俺に預けてくれないでしょうか？」

「わ、わかった。そなたに預けよう。正直わしも様々な方法を試した。だがどれも失敗し、もう万策尽きたのだ。もう打つ手がない。完全にお手上げで諦めていたところだ。まだ手があるというのならそれを試そうではないか」

「ありがとうございます。陛下」

「そうかしこまるな。礼を言いたいのはこちらのほうだ。よく考えればエルフの国を救ってくれるというのなら、相手は誰でもいいではないか。人間でも獣人でもドワーフでも。誰だって関係ない。確かにエルフの国の危機を解決するのが最優先事項だ」

　国王は理解してくれたようだ。

「それで騎士団をどれほど連れて行くのだ？」

「騎士団は何人いるのですか？」

「１００人といったところだ」

「ではそれを全員貸してください」

「なにっ!?　１００人まるごとだとっ！　それは本気かっ！」

「フィルド様!!　それは本気ですか!!　エルフ兵１００人を北の平原に連れていかれるつもり

なのですかっ！」

「ああっ。俺は本気だ」

「うむ……だがの、100人とは流石に規模が大きすぎて」

「俺の経験値分配能力者の能力は全体に及ぶと言いました。人数に上限などない。数が多ければ多いほど、得られる経験値も多くなるのです」

「うむ。なるほど。いいだろう。フィルド殿でよかったかな？」

「ええ。フィルドと申します。国王陛下」

「フィルド殿。貴公にエルフ騎士団100人を委ねたっ！　頼むっ！」

国王は俺に泣きついてきた。

「このエルフの国の危機を救ってくれ！　そしてイルミナを救ってくれ！　それができるのなら誰でもいいっ！　人間でも誰でもっ！　それができるのであればっ！」

国王は涙を流していた。それだけ心労が大きかったのだろう。国難に対して何もできず、ただただ苦悶しているだけだったのだ。そのことがどれほど国王の心の負担になっていたか、想像するのは容易かった。

「安心してください。必ず、俺がこのエルフの国を救ってみせます」

本当はそんな自信はなかった。何事にも絶対はない。その大型モンスターが今の俺を上回るほどの戦力を有している可能性もあった。

だが、こう言うことで国王の心を楽にすることができるのであれば、それで十分だ。嘘や誇張も人のためになるのならそれなりに意味があることだ。

「ああっ。頼んだぞ。フィルド殿。必ず、必ずエルフの国を救ってくれ！　頼むっ！」

「ええ。わかっております。必ず救ってみせます」

俺は国王と約束をした。

こうして俺はエルフの騎士団１００人を引き連れて、北の平原を目指すことになったのである。

◇

騎士団が集まり旅の準備をする。そしてエルフの国で聖剣を授かることになる。

「えっ!!　我々エルフ騎士団が動くのですかっ！」

エルフ王と俺はエルフの騎士団長と面会していた。

「そうだ。この者、フィルド殿と北の平原まで向かってほしいのだ」

「き、北の平原ですかっ!?」

当然ながらエルフの騎士団長は普段立ち寄ることのない北の平原が危険地帯であることを理解していた。

「騎士団をあの北の平原に向かわせるのですかっ……一体、何人でですか？」

「全騎士団でだ」

「全騎士団ですと⁉　エルフの騎士団は１００人もいるのですぞっ！　その数で北の平原に向かえというのですかっ！」

　騎士団長は驚いていた。無理もない。騎士団長にとっては自分の団員たちを死なせに行くようなものである。驚くのは必然であった。

「な、なぜっ！　なぜそんなことをするのですかっ！　いかなる理由で騎士団員を死の危険に晒すのですっ！」

　騎士団長は理由を求める。いくら国王が相手とはいえ、このような過大な要求、躊躇うのは当然であった。

「それはここにいる青年、フィルド殿からご意見を伺おう。フィルド殿、騎士団長に説明してくれぬかっ？」

「はい。俺の経験値分配能力者としての能力は取得する経験値を10倍にすることができるのです」

「な、なんですとっ！　10倍ですとっ！」

「はい。エルフの成長性は低いそうですが、それでも北の平原の巨大モンスターを討伐すれば、膨大なEXPを得ることができます。そしてこれが俺がエルフ兵１００人を連れていきたい理由です」

　一拍（いっぱく）おいて、俺は言葉を続ける。

「俺の経験値分配能力者（ポイントギフター）の能力範囲は軍全体（レギオン）に及ぶほど膨大です。俺と同行したエルフの騎士団員は皆、望外な経験値を受け取ることができるのです」

「わ、我がエルフ騎士団に膨大な経験値を取得させてどうするのだっ！」

「それがエルフの国の危機を救うことになるのです。エルフの民の成長と森の魔力は密接に結びついています。俺が騎士団の得たＥＸＰ（経験値）をエルフの民に分配します。俺には経験値を任意に分配する能力もあります」

「そ、それでどうなるというのです？」

「エルフの民が成長（レベルアップ）します。その結果、森の魔力の枯渇問題が解消されるはずです」

　そしてそれは森の魔力をその身を犠牲にすることで保ってきたイルミナを救うことにもつながる。

「森の魔力の枯渇が防止できる。エルフの国が救われるというのですか⁉」

　騎士団長の目の色が変わった。

「どうだ？　人間ではあるが頼もしい青年であるとは思わないか。騎士団長殿、フィルド殿に騎士団を預けてはみぬか？」

「国王陛下。しかし彼は人間です。いわば余所者（よそもの）」

「我々エルフに解決できなかった問題ではないか。私も最初はそう考えていた。しかし考えを改めたよ。エルフの国の危機を救うのは必ずしもエルフでなくてよい。人間でも獣人でも構わないではないか。そうは思わんかね？」

「そ、それも確かにそうですね。その通りです。エルフの国を救ってくれるなら人間でも、エルフでなくても構いません。些末な問題かもしれませんね」

「私からもお願いします騎士団長様。フィルド様はとても素晴らしいお方です。きっとエルフの国をお救いになってくれます。騎士団長様、どうかフィルド様に騎士団を委ねてはくれないでしょうか？」

「うーむ」

騎士団長がえらいとはいえ、それでも国王と王女が二人で頼んできているのだ。断れるはずもなかった。

「わかりました。エルフの騎士１００人及び騎士団長である私1名を含めた、１０１人をフィルド殿にお預けいたします」

騎士団長はそう明言した。

「や、やりましたっ！　やりましたねっ！　フィルド様」

ルナシスが喜ぶ。

「喜ぶな。ルナシス。まだ何も解決していない」

「ですが長旅になりますので、少々準備が要ります。一日ほど時間をいただけないでしょうか」

「わかった。では出発は明後日の早朝としよう」

「了解いたしました。騎士団全体に伝令を出しておきます」

「うむ。頼んだぞ」

「はっ！　国王陛下っ！　エルフの国の危機を救うため、我々エルフ騎士団は全身全霊を尽くすことをここに誓います」

「では頼んだぞ、フィルド殿」

「任せてください」

俺は語気を強めて言う。ここで不安げな態度を取ると周囲も不安になる。虚勢でもなんでもいい。今は強気に徹して、自分に自信を持つよりない。

こうして俺はエルフ騎士団１００人、正確には騎士団長を含めて１０１人を預かることに成功した。

そしてルナシスもいる。

このメンバーで俺たちは巨大モンスターが生息するとみられる北の平原に向かうことになる。

◇

「ボロボロだな……」

一大決戦を目前に、俺は装備の最終確認をしていた。『栄光の光』では、俺はポイントギフターとして利用されていただけだ。自身のレベルを1に抑え、他の者に経験値を分け与えていた俺に戦闘要員としての役目は用意されていなかった。

そうした中で与えられたのがブロードソード。あらゆる剣の中でも最も等級の低い、安値の剣であった。

新人の冒険者などが手にする、いわば初期装備のようなものだった。

今まで数回しか使用したことがない。しかしブロードソードは既に俺の戦闘に耐えうることができそうになかった。いつぽっきりと折れてもおかしくない。

北の平原にいる巨大モンスターがどれほどの戦力を有しているかはわからない。だが間違いなく言えるのはこのブロードソードでは心もとないということだ。

今まではレベルとパラメーターの差に物を言わせたごり押し。最悪、剣がなくなっても素手で何とかなる相手ばかりだった。

だが、次の相手はそうはいかないだろう。戦闘中に剣が折れる可能性が高い。いや、それ以前にいくら俺のステータスでもブロードソードでは攻撃がいまいち効かない可能性があった。

不安だ。やはり装備も新調した方がいいか。当然した方がいいに決まっている。金ならあるし。ではエルフの国のどこに武器屋があるのか。

ルナシスに言って連れて行ってもらったほうがいいか。俺はそう思っていたところだった。

「ん？　どうかしたのかね？　フィルド殿」

俺の前にエルフ王が現れた。俺がいることでエルフの国が救われるかもしれないという期待を抱いたエルフ王は、俺に対して大分親密な態度を見せるようになっていた。

当初よりはずっと柔和だ。

「エルフ王……」

「ん？　なんだね？　その剣は。ボロボロではないか」

「はい。恥ずかしながら。以前所属していたギルドで使っていた剣です」

「なんと！　そんな剣で北の平原に行くというのは無茶ではないかっ！　いくらフィルド殿がルナシスが言うような実力者であっても、それは愚行というものではないかね？」

痛いところを突かれる。これから対峙する敵の実力はわからないが、おそらくものすごい戦力を持っている。下手すると俺のＬＶ１７０を超えるほどのモンスターかもしれない。

太刀打ちできない可能性は大いにあった。ましてや初期装備のブロードソードである。

これでは舐めている、あるいは自殺行為と取られても不思議ではない。

「そんな装備で北の平原に向かおうとしているのかね？」

「それは……まあ、もっと良い装備があった方が当然いいと思いますが」

大まかに言えば、使用者のステータスと装備で戦闘のほとんどが決まる。他にも地形や相性、運なども絡んでくるかもしれないが。

ＬＶやステータスは簡単には上がらない。だが、装備は変えるだけでよい。だから簡単に強くなれる側面があった。

「それはいけない。フィルド殿、是非こちらに来なさい」

「どこに行かれるのですか？」

「エルフ城の宝物庫だ」

「宝物庫」

「いいからついてきなさい」

「はい」

俺はエルフ王に連れられ、宝物庫へと向かっていった。

◇

「こ、ここは」

そこはエルフ城の宝物庫だった。様々な煌びやかな装備や、魔術的な強化が付与されていそうな魔道具が数多く安置されている。人間の世界の武器屋で売っているようなものは見当たらない。

　どれもなかなか手に入らない逸品であった。しかし俺にとっては逸品に見える武具の数々に
エルフ王は目もくれず、奥へと進んでいく。そして最奥部にたどり着いた。

「これだ。これを君に譲ろう」

「これは……一体!?」

　台に突き立てられている一振りの剣。煌びやかな光を放つそれがただの剣ではないことを、
俺は一瞬で理解することができた。

「これは我がエルフの国に伝わる秘宝、聖剣エクスカリバーだ」

「聖剣エクスカリバー……」

　で、伝説の聖剣だ。人間の世界を離れ、エルフの国に伝わっていたのか。

「これを君に授けよう」

「さ、授けようって！　くれるっていうんですか！」

「そうだ」

「そんな！　受け取れませんよ！　そんな聖剣、借りるだけでも恐れ多いのに！」

「フィルド君。君はエルフの国にとって唯一の希望の光。英雄なのだ。その英雄に対して、で
きる限りのことをするのは、王として当然のことと言えよう」

「そんな」

「いいから受け取ってくれ」

躊躇う俺にエルフ王は構うことなく聖剣エクスカリバーを台から引き抜く。そして専用の鞘だろう、それに納めた。

「でも」

「いいから、さあ」

エルフ王にこうまで言われれば拒否するわけにもいかない。俺は聖剣エクスカリバーを受け取った。

「ありがとうございます。エルフ王」

「それでは今日はもう遅い。是非エルフ城へ泊まっていってくれ」

「ありがとうございます」

こうして俺はエルフ城に一泊することとなった。

◇【追放者サイド】

「ど、どうするんだよ！　金だよ！　金がもうないじゃねぇか！」

ギルド『栄光の光』のギルド長であるクロードは右往左往していた。ついにギルドの資金が底を突きかけたのである。

　これでは頼りにしていた優秀なギルド員はおろか、無能なギルド員の引き留めすらできない。ギルドから完全に人がいなくなってしまうのだ。

「まあ、そうよね。ギルドは今、活動停止命令で完全に営業がストップしているんだもの。収入がなくなっているのに支出だけ続けば、いずれは資金がなくなるのも当然ね」

　ドロシーは淡々とした様子で言う。冷静と言えば冷静だが、どこか他人事のようだ。少しずつではあるが、クロードを除く役員たちは『栄光の光』に見切りをつけ始めているのかもしれない。そこまでは思っていなくとも、クロードや『栄光の光』に対する熱が徐々にではあるが明確に冷めていくのを感じていた。

　だからこそクロードは焦り始める。クロードにとって『栄光の光』とはプライドを支える最後の砦なのだ。

　経験値を失い、レベルが一気に下がった。今のレベルは測定していないから正確なところはわからないが感覚的にレベル一桁台だと思われる。今の自分はぶっちゃけた話、中途半端で何もできない雑魚である。

　もはや自尊心を保つ拠り所は自身がトップギルド『栄光の光』のギルドオーナーであるということだけだ。

　だがもはや今の『栄光の光』の状況はとてもトップギルドとは言えない。国からの活動停止命令、多くのギルド員の離脱。活動をしていないので当然、ギルドの収入はない。

そして経験値を失い、大幅に弱体化をしたクロードを含めた役員たち。

一体、この惨状にあってどこの誰が、「『栄光の光』はトップギルドだ」と言ってくれようか。

どう見ても落ち目。いや、目下転落中ではないか。誰がどう見てもそう言うだろう。だが、最後の砦である「『栄光の光』こそがトップギルドである」、トップギルドではなかったとしても「まだ立て直せる」という妄念はクロードを支えるアイデンティティとなっていた。

クロードはその思いに囚われていたのだ。

「金がねぇなら、稼ぐしかねぇだろ」

「でもどうやって？」

「個人で冒険者の依頼を又請けするんだ。ギルドとして依頼を受けるのは禁止でも個人としては禁止されていない。それに冒険者からの又請けなら問題ない。冒険者ギルドからクエストの依頼を受けるわけじゃないからな」

「で、でも……私たちはもうレベルが」

切なそうにドロシーは告げる。その目にはかつての傲慢さや尊大さがなかった。人が調子に乗るのは大抵力を得た時である。力を失った今、もはや消沈するよりほかない。

「何とか低レベルのクエストを受け持ってクリアしていくしかねぇだろ。またやり直すんだ。レベルが低くなったのなら上げていけばいい。低レベルのクエストだって数をこなせばレベルだって上がるはずだ。まだ俺たちはやり直せる」

クロードの言葉に僅か（わず）ではあるが役員三名の目にも希望の光が戻ってきた。

「そうですね」

「そうだな」

「レベルが低くなったのなら、また経験値を取得してやり直せばいい。その通りよ！」

勿論、経験値分配能力者（ポイントギフター）のフィルドがいない分、経験値を上げる効率はよくないかもしれない。

その上又請けだ。又請けの場合、当然ながら報酬（ほうしゅう）をピンハネされる。大体相場は2割といったところか。仕事を回す方の冒険者は時間も労力も節約でき、何もせずに報酬を2割受け取れるのだ。

これは決して悪い話ではない。冒険者ギルドからクエストを受注できなくなった、そういったブラック冒険者（クロードたちも似たようなものかもしれない）にクエストを横流しする商売も非合法ではあるが繁盛（はんじょう）していた。バレなければいいの精神だ。

一歩ずつ、それでも確実に進んでいけばまだやり直せる。

クロードを含め、役員たちはそう思っていた。この時はまだ。

クロードたちは冒険者たちから又請けしたクエストに向かう。かつての日のように。それはギルド『栄光の光』が始まったばかりの時のようだった。

四人は王都アルテアにある地下用水路に来ていた。薄暗い地下用水路にジャイアントラットが出現したらしい。ジャイアントラットの討伐は程々のレベルの難度のクエストだと、クロードは判断した。比較的初心者向けのクエストなのだ。

だが、それでもまだ奢り（おごり）があったのかもしれない。自身たちが最強クラスの冒険者であった時の感覚が残っている。「このくらいの相手なら」、その認識はもしかしたらまだ抜けていなかったのかもしれない。

クロードたちパーティーは地下用水路を徘徊（はいかい）する。

「どこだ？　どこにいやがるんだ？」

「見て、クロード！　あそこ！」

むしゃむしゃと残飯（ざんぱん）のようなものを漁（あさ）っている、大きなネズミがいた。でかい。人間よりもずっと。その体長は2メートルから3メートルあった。

「ひ、ひいっ！　こ、こわいよおおおおおおおおおお！　ママ――――――！」

ボブソンはかなり怖がっていた。この男は元来は臆病（おくびょう）なチキン野郎なのだ。レベルが高い時はその強さで調子に乗っていたため、自分自身完全にその本性を忘れていたが。

「ちょっと！　ボブソン！　叫ばないでよ！　ジャイアントラットに気づかれるわよ」

赤い目が光る。振り返った。ジャイアントラットがクロードたちを認識したようだ。

キシャアアアアアアアアアアアアアアアアアアアアアアア！

尻尾(しっぽ)と全身の毛を逆立て、ジャイアントラットが臨戦(りんせん)態勢になる。

「しゃあねぇ！　やるしかねぇぞ！」

「ええ！」

「ドロシー！　頼むっ！」

「ええ。炎(ファイア)！」

ドロシーは最下級魔法(ファイア)を放つ。炎がジャイアントラットを襲う。

しかしジャイアントラットは平気な顔をしていた。

「ちっ。やっぱあんま効かねぇか。ボブソン」

「あ、ああっ。わかった。いま気を落ち着かせる」

「早くしろ！　相手が襲いかかってくるぞっ！」

「ああっ！　くらえええええええええええええええ！」

ジャイアントラットにボブソンは、ギガトンハンマーが重くて持てなくなったのでウッドハンマーに切り替えたのだが、そのウッドハンマーで襲いかかる。ウッドハンマー、要するに木槌(きづち)のことだ。

キシャアアアアアアアアアアアアアアアアアアアアアアア！

「う、うわあああああああああああああああああああああああああああああ！」

「ボブソン！」

ドン！

「ぐおっ！」

ジャイアントラットのテイルアタックが炸裂（さくれつ）した。要するに尻尾の攻撃だ。回転させ、その遠心力を利用した痛烈な一撃はボブソンをウッドハンマーごと吹き飛ばし、壁に叩（たた）きつけた。

「ちっ！　しゃあねぇ！　魔法剣！　雷（ライトニング）」

本来なら最上級魔法である獄雷（ヘルライトニング）を使用したいところであるが、レベル的に無理だ。そのため、最下級魔法雷（ライトニング）で妥協（だきょう）し、剣に付与（エンチャント）した。

「はああああああああああああああああああああああああああああ！　くらいやがれえええええええええええええええ!!」

かつてこんなに意気込んで敵に向かったことがあるか、そう思える程気合いを入れて襲いかかる。

キシャアアアアアアアアアアアアアアアアアアアアアアアアアアアアアアアア！

ジャイアントラットはクロードの肩に牙（きば）を突きつける。

「う、うわあああああ！　い、いてぇ！　いてええええよおおおおおおお！」

やっとのことでクロードはジャイアントラットを引きはがし、離れた。

「クロードさん！」

カールは慌てて回復魔術(ヒーリング)をクロードにかける。出血は多くはない。大ダメージとはいえなかった。だが、なかなか傷が塞がらない。

「ちっ！　効かねぇ！　僅かにしか効いている感じがしねぇ！」

「な、なんですかっ！　その言い方！　僕だって一生懸命やってるんですよ！」

「わかっているけどよ」

「ど、どうするのよクロード。私たち、ジャイアントラット相手でも厳しいんじゃない」

このままでは……パーティーが全滅する可能性もありえた。

「しゃあねぇ。撤退だ。撤退するぞ」

「うん！」

「はい！　そうですね！」

「よし！　逃げるぞ！」

仕方なくクロードは撤退した。ジャイアントラットはあくまで自衛をしていただけである。空腹で襲いかかってきたというわけではない。

そのため逃げだしたクロードたちを追いかけることはしなかったのである。

クロードたちはクエストに失敗した。そしてその後、クロードたちにとっては予想だにしない人物と再会することになるのである。ちなみにフィルドのことではない。フィルドはエルフの国にいるのだから再会するはずもない。別の人物である。

◇【フィルド視点】

「フィルド様」

翌朝のことだった。ルナシスと騎士団の準備が整ったようだ。

「騎士団の準備が整いました」

ルナシスの背後には騎士団長及び騎士団１００名がいた。

これで北の平原へと向かう１０３名が揃ったのだ。

「準備は万全ですか？」

俺は騎士団長に聞く。

「はい！　万全であります、フィルド殿」

「では向かいましょうか。北の平原を目指して」

北の平原にたどり着くまでにはエルフの森を抜け、険しい山岳地帯を越えなければならない。

これがエルフの国が守られている理由である。外敵の進入を防ぐ天然の要害は、外へ行こうとした場合、大きな障壁にもなった。そこを脱するのは大変なことであった。

ましてや集団で移動するのであれば当然だ。今回は１００人単位の大人数である。

「フィルド様」

「なんだ？　ルナシス」

「今回の作戦の総指揮官はフィルド様であります。騎士団長の上の権限者として、フィルド様がいる。そう思っていただいてかまいません。フィルド様は全体のリーダーです」

「そうか。俺がリーダーか」

いいのか、人間の俺が、と思うが、まあいい。エルフの騎士団が俺を見ている目は真剣そのものだ。俺が人間だからといって侮っている感じが微塵もない。

皆エルフの国を救うためにそれだけ必死なのだ。誰もが国に襲いかかってきている問題を憂えている。

「作戦開始の前に、何かお言葉をお願いします。フィルド様」

「お言葉？」

「はい」

「言葉か……」

俺は一歩エルフ騎士団の前に立つ。

「正直、俺みたいな余所者の人間がエルフの騎士団をまとめるなんて大それたことかもしれない。だが、俺はエルフの国の素晴らしい景色を見た。そして人々も。とはいえ表面上しか知らない。だがエルフの国の未来を守りたい。森の魔力の問題を解決したい。それは本気だ」

「フィルド様」

ルナシスは目を輝かせていた。

「だからそのために騎士団の力を貸してほしい。君たちの力でエルフの国が救われるかもしれない。騎士団の健闘に期待しています！」

「「「「はっ！」」」」

騎士団は敬礼をする。

「行きましょう。フィルド様」

「ああ。行こうか」

「では行くぞ！　エルフ騎士団よ！　諸君らの活躍に我が国の未来がかかっている！　全騎士団！　行進を始めるっ！　目標は北の平原だ！」

「「「「はっ！」」」」

騎士団長の号令と共に俺たちは長い道を歩き始める。まずはエルフの森。そして、山岳地帯を抜ける。そしてやっと巨大モンスターが生息するとされる平原にたどり着くことができるのだ。

何日かかるかわからない。だがとにかく、歩き続けるより他にその場にたどり着く手段はないのである。

◇

そこからの道中は過酷であった。

エルフの森を抜け、山岳地帯を登り、下る。言葉にすると実に簡単であるが、歩いているエルフたちは大変辛(つら)そうだった。

「はぁ、はぁ……」

「ぜぇ、はあ」

エルフ騎士団は息を切らしながらあがる。移動しなければならないが、それでも軽装でというわけにもいかなかった。北の平原には巨大なモンスターがいるはずだし、途中も油断できない。

生身(なまみ)で立ち向かえば、あっと言う間に命を落とすことになりかねない。エルフ騎士団は重装備での長距離移動を余儀(よぎ)なくされる。

その様子は見るからに過酷そのものであった。

「進め！　進むのだ！　このままでは日が暮れてしまうぞ！」

騎士団長はそう発破(はっぱ)をかける。

「し、しかし！　騎士団長！」

「はぁ、はぁ、はぁ。わ、我々も体力の限界であります！」

「なんとだらしない！　情けないと思わないのか貴様ら！　貴様らにエルフの国の危機を救う気概はないのかっ！」

騎士団長は喚き散らす。気合いが空回りしていた。

「少し休憩しましょう」

俺は提案した。言うまでもなく俺は平気だ。だが俺だけ先にたどり着いても何の意味もない。エルフの騎士団を連れていくことに意味がある。

「し、しかしフィルド殿」

「疲れて動けないのでは意味がありません。エルフの国は確かに危機的状況ではありますが、それでも一刻を争うというほどではありません」

「う、うむ。そうだの。フィルド殿の言う通りである。よし！　皆の者！　ここで休憩するがよい！」

「はぁー」

「し、死ぬかと思った」

慌てて騎士たちは水筒を取り出す。水分補給は必須だ。鎧を着たうえでの強行軍。脱水症状になりかねない。

「フィルド様」

ルナシスは水筒を取り出す。中にはお茶が入っているようだった。

「俺は別に――」

「そう言わないでくださいまし。流石のフィルド様でも喉(のど)くらい渇(かわ)きますでしょう?」

「それは確かに。まあ、じゃあ、ありがとう」

「ええ。どういたしまして」

俺は水筒に口をつけて飲む。ゴクゴク。ぷはーっ。

「旨(うま)かった。ありがとう、ルナシス」

俺は水筒を返す。

「いえいえ……こ、この水筒にフィルド様が口をつけた。ということは、この水筒に私が口をつければ間接キスをするってことに。間接キス。それってつまり……最終的にはフィルド様とキスをするってことになるんじゃないかしら!」

ルナシスは何やら色々言いつつ水筒に口をつけようとする。

「何を言っているんだ? さっきからごちゃごちゃ」

「な、なんでもありません! なんでもありません! フィルド様」

ルナシスは顔を真っ赤にして首を振っていた。

こうして俺たちは再び行進を開始する。

そしてやっとのことで森を抜け、山岳地帯を越え、その先にある平野部へとたどり着いたのである。

◇

「はぁ……はぁ」

「こ、ここが北の平原かー」

「や、やっと着いた――――！」

　呑気なエルフ騎士が歓喜に震えている。

「馬鹿者！　我々は何も問題を解決していないのだぞ！　やっと目的地に着いただけではないかっ！」

　騎士団長は叱咤する。これについては同感だ。俺たちの目的は北の平原にたどり着くことではない。ここに生息するとされる巨大モンスターを討伐することにある。そして膨大な経験値を得る。さらに、俺の経験値分配能力者の能力で、その経験値を10倍にして、エルフの民に分配する。

　そうすればエルフの民が成長し、森の魔力の問題は解決される、はずだ。

　そもそも、その巨大モンスターを倒さなければならない。そのためにはまず見つけないと。

　俺がそう思っていた時、ルナシスが声をかけてきた。

「フィルド様……どこにその巨大モンスターはいるのでしょうか？」

「さあな」

北の平原はだだっ広い空間が広がっているだけである。遮蔽物のようなものはない。見晴らしに何の問題もなかった。

「ど、どこだ？　どこにいるのだ？　その巨大モンスターは」

騎士団長は周りを見回す。

巨大モンスターなのだから現れればすぐにわかるはずだ。

ドスン、ドスン、ドスン！

「なんだ、あれはっ！　ド、ドラゴンかっ！　あれは」

「いえ……あれは」

俺たちは見上げる。それはドラゴンに近いが、ドラゴンではなかった。ドラゴンのように空を飛ぶわけでもない。そして、火を吹くわけでもない。だが見た目はドラゴンのようではあった。

「恐竜種だ」

俺は告げる。山をも超えるような巨大な化け物。姿は見えていたのだ。だが、俺たちはその存在を遠くにある大きな山と誤認していた。だから見えなかったのだ。

「あっ！　あんな大きな化け物！　倒せるわけがない！」

騎士たちは震え上がっていた。誰も山を平らにしようとは思わないだろう。あの化け物を倒すというのは言わばそういうことであった。

「に、逃げろっ！　逃げろっ！」

「うわああああああああああああああ！　踏み潰されるぞおおおおおおおおおおおおおおおお！」

「いやだ！　死にたくない！　死にたくない！　いやだ――――――！」

もはや騎士団は恐慌状態だ。とても戦力になりそうにない。そもそもの話として恐慌状態でなかったら戦力になったかというと、間違いなくなってはいないが。

「う、うろたえるなっ！　向かえ！　向かっていくのだ！　こらっ！　逃げるなっ！」

騎士団長は命令をする。無茶を言うなと言いたいところだろう、騎士団からすれば。

恐竜種は巨大なモンスターであるとされているがこいつはその中でもさらに巨大だ。巨大恐竜種と言ってもいい。

ギガレックスは赤い目を不気味に光らす。そして足を踏み上げた。こいつからすれば俺たちなんて眼中にあらず、ただ普通に歩行しているだけのことなのだろう。

「ひ、ひいっ！」

踏み上げられた巨大な足。その足の裏が迫ってくる。そのあまりの迫力に対して、騎士団長は自分で下した命令とは真逆の行動をする。他の騎士団員と同じだ。

「うわああああああああああああああ！　逃げろおおおおおおおおおおおお！」

騎士団長もまた喚きながら逃げ出す。

「あれに向かっていけ、っていうのも無茶な話だろ」

俺は溜息を吐く。エルフ騎士団100人がかりでも無理だ。蟻が100匹集まってもゾウに踏み潰されるだけだ。仮にエルフ騎士団が1万人いても結果は同じだ。

「いかがされますか？　フィルド様」

そうルナシスが聞いてくる。その目には多少不安の色が見られた。

「まあ、普通に人間相手に闘うようにはいかないわな」

そもそも相手は俺たちを敵だとも思っていない。ただ歩いているだけだ。道端に蟻がいる程度の認識である。

「まあ、見ているだけでは始まらないな。ルナシス、試しに攻撃してみろ。多少はHPが減るかもしれないぞ」

ルナシスの攻撃なら1000くらい減るかもしれない。仮にギガレックスのHPが10000000だとすると、1000万回くらい攻撃すれば倒れるかもしれない。

「はい！　わかりました！　フィルド様！　はあああああああああああああああああああああああああ！」

ルナシスは剣を持って走る。

「はあっ！」

剣聖の名に恥じぬ見事な斬撃はギガレックスの足を大きく切り裂いた。あくまで人間サイズでは、の話である。

「…………………………」

「な、何も変化がありませんね」

「いや、一応歩くのやめただろ」

「そうですね。止まりました」

しばらくギガレックスは止まった。

グオオオオオオオオオオオオオオオオオオオオオオオオオオオオオ！

突如の咆哮がこの北の平原全体に響き渡る。

「なんだったんですか!?　あの間は!?」

「でかすぎて痛覚が鈍いんだよ！　伝わるのに時間がかかるんだ！」

それ以外に考えられない。まあ、あれだけでかければなぁ、という感じだ。

「ひいっ！」

「くっ！」

「うわあああっ！」

「なんだっ！　この音！」

その咆哮は凄まじい。音の衝撃だけで十分な脅威だ。

「どうやら俺たちを敵として認識したらしい。いや、害虫かな」

「よ、余計なことしましたか、私」

「いや、そうでもない。どうせいずれは俺たちを敵として認識させなきゃなんだ」

俺はそう答える。だけど、どこかわくわくしていた。今の俺のレベルは人間相手では有り余るものだった。

だが、こいつだったら。このギガレックスであったならば、闘う相手として不足はなかった。

「さあ、本格的に討伐開始だ」

目標はギガレックス。山よりも大きいかもしれない、巨大な化け物(モンスター)だ。

ガアアアアアアアアアアアアアアアアアアアアアアアアアアアアアアアアア！

またギガレックスの咆哮が平原に響く。そして俺たちの鼓膜(こまく)にもだ。これほどの音の衝撃波は耳を塞いでも身体(からだ)に大きなダメージを与えかねない。

エルフの騎士団はこれだけでも戦闘不能になりかねなかった。

どうする。

ルナシスの攻撃でもびくともくらいはしたかもしれないが、結果としては怒らせただけだ。

与えたダメージ量もギガレックスのＨＰの１００分の１。いや、１０００分の１もあればいいほどだ。

　あまりに気が遠くなる。

「フィルド様！」

　ルナシスが子猫のような目で俺を見てくる。

「なんだ？」

「お願いします！　フィルド様だけが頼りなんです」

「はあ～～～～……」

　俺は深く溜息を吐く。だよな。ルナシスでどうこうできない相手となるとエルフ騎士団では余計にどうこうできない。

「仕方ないな」

「はい！　お願いしますっ！」

　猫のようにルナシスがじゃれてくる。こいつほんと他の奴と俺に対する態度が違うな。まあいい。

　俺は腰の鞘から聖剣エクスカリバーを引き抜く。ただそれだけのことではあるが、

「「「おお～～～～～～～～～～～～～～～～～～～～～～～」」」

　戦闘中の緊迫した状況であるにも拘わらず、エルフ騎士団は見入ってしまっていた。聖なる

光が剣を抜くと共に溢れ出てきたからだ。その光は目がくらむ程に眩しかった。

「す、すごいです！　こっ、これが聖剣エクスカリバー！　エルフの国の至宝」

それはルナシスも同じだった。聖剣エクスカリバーの輝きに思わず見入ってしまっている。

それほどまでに神々しい光をこの聖剣エクスカリバーは放っている。

「見たことないのか？　ルナシスは」

「小さい頃に少しだけお父様に見せてもらいましたが、宝物庫は厳重な警戒がされており、王族でも簡単には入れないのです。国王であるお父様くらいしか入ることが許されていません」

「……そうか。まあ、無茶苦茶、貴重そうなものが集まっていたものな。それだけ警戒もするだろう」

しかもその中でも最も貴重であろう聖剣エクスカリバーを俺に授けてくれたのだから。身に余る光栄だった。

だから俺は結果でちゃんとそれに応えなければならない。エルフの国を救う。森の魔力問題を解決する。そして病に苦しむ第二王女イルミナを救う。

それが今の俺の使命だ。

「はあああああああああああああああああああああああああ！」

俺は聖剣エクスカリバーを振るう。聖なる光は直接斬らずとも、光の刃を作り出す。そして、ギガレックスに襲いかかった。

グアアアアアアアアアアアアアアアアアアアアアアアアアアアアアアアアア！

ギガレックスの皮膚に大きな傷ができた。大量の血液が流れ出る。

このギガレックス、でかいというだけで大した技術も経験もない。単にそのでかいというだけで絶対的な捕食者として存在していたのだ。

……まあ、そのでかい、ってところがとにかくやっかいである。でかいってだけで。

グアアアアアアアアアアアアアアアアアアアアアアアアアアアアアアアアアア！

ギガレックスは吠えながら俺を攻撃してくる。爪による一撃。巨大ではあるが単純で読みやすい、直線的な攻撃だ。

「甘い」

ドン！　砂埃が舞い上がった。空振りだ。宙に飛んだ俺はギガレックスの手の上に乗った。

そして走り出す。

「はあああああああああああああああああああああああああああああああああ!!」

人類の最高峰の俊敏性を持っている俺は瞬く間にギガレックスの顔まで登って行った。直線距離にしておよそ1キロ。普通の人間が一瞬で到達できる距離ではない。

ブシャアアアアアアアアアアアアアアアアアアアアアアア！

俺はギガレックスの巨大な顔を斬る。

ギアアアアアアアアアアアアアアアアアアアアアアアアアアアアアアアアアア！

ギガレックスが無様（ぶざま）な声をあげた。そして崩（くず）れ落ちる。

ど――――――――――――――――――――ん！

ギガレックスは大きな音を立て崩れ落ちた。

俺は難なく地面に着地した。

「やりました！　フィルド様！」

「いや。まだだ」

「えっ!?」

ギガレックスは立ち上がろうとしている。あの程度の攻撃では聖剣エクスカリバーとはいえ、その膨大なＨＰを削（けず）り切れない。

ほどなくギガレックスは立ち上がる。

「そんな、フィルド様でも……」

ルナシスは驚いていた。だが、動揺ぶりは他の騎士の方が大きい。彼らにとっても俺が最後の頼みの綱だったのだ。

「そ、そんな！　フィルドさんでもだめだったらもう、俺らなんて何ができるんだ」

「な、何もできるわけがねぇだろ。あんな化け物相手に」

「も、もうおしまいだ」

騎士たちは項垂（うなだ）れ、絶望していた。

くそっ。こんなところで終わるのか。終わっていいわけねぇだろ。こんなでかいだけが能のウスノロに。

な、何か、何かないのか、手段は。その時だった。

「えっ!?」

聖剣エクスカリバーから俺の脳に情報が伝わってくる。視野領域に直接その力が映し出される。聖剣エクスカリバーの秘められた力が。

ＥＸスキル『星落とし（ホーリーブレイカー）』、いわば必殺技（わざ）だ。それがこの聖剣エクスカリバーに残された切り札だった。

『ＨＰを１だけ残して他全部とＭＰを全部消費することにより発動。効果は、その二つを合わせた量に比例して、相手に与えるダメージ量が多くなる』

いわば諸刃（もろは）の剣（つるぎ）だ。自身のＨＰとＭＰを引き換えに、相手に大ダメージを与える、一歩間違えれば自爆技ともとれる必殺技。

だが、これしかもう俺には手段がなかった。いや、俺たちには手段がなかった。

ＬＶ１７０の俺のステータスは、

攻撃力：３７３５

防御力：３４５０

魔力：３２１２

体力：３１１１

であるが、ＨＰ５２３７、ＭＰ３０８９だ。とはいえこの数字だけではどれくらいすごい数字なのかは理解できないであろう。そうだな。人類最高レベルのＨＰが２０００、ＭＰがせいぜい８００というところだ。

人類最高のステータスを遙かに凌駕したＨＰとＭＰ、そしてそれを元手に放つこの聖剣エクスカリバーの必殺技。

その威力がどれほどのものか。俺はこの危機的状況であるにも拘わらず、少年のようにドキドキと胸が高鳴っていた。好奇心がかき立てられた。

俺のステータスでこの聖剣エクスカリバーのＥＸスキル『星落とし』を撃ったら一体、どれほどの力が出るのか。興味津々だった。

「ルナシス、皆を下がらせろ」

「フィルド様……いかがされたのです？」

「危険だ。この聖剣エクスカリバーの真なる力を解放する」

「……真なる力！　そんなものがあるんですか！」

「ああ。この聖剣エクスカリバーが俺に直接教えてくれた。優れた武器、ましてや聖剣なんていう伝説的な武器はもはやただの武器じゃない。意思がある。まるで生きているかのように俺に教えてくれたよ」

「フィルド様……わかりました！　全騎士団員に告げます！　下がりなさい！」

「「「「はっ！」」」」

　騎士団は距離を取っていく。

「さてと、行くか」

　俺は聖剣エクスカリバーを天高く突き上げる。しかし一抹(いちまつ)の不安はあった。この攻撃で倒せなかったらもう打つ手がない。俺のＨＰも１になってしまう。ＭＰもゼロだ。だから打てる手が本当になくなる。だが、やるよりほかない。

「ＥＸスキル『星落とし(ホーリーブレイカー)』」

　俺は聖剣エクスカリバーのスキルを発動させる。俺の全ＨＰ（１は残る）と全ＭＰを注(つ)ぎ込んで放たれるこの聖剣の必殺技だ。

　放たれた聖なる光は膨大なものであった。聖なる光は天高く昇っていく。その光は空を突き破る程の勢いで伸びていった。あの夜空が輝く星まで届いているのかもしれない。『星落とし』とはよく言ったものだ。きっとこの大地のどこにいても見えるかもしれない。

「す、すごいです、フィルド様。あれが聖剣エクスカリバーの真なる力」

「な、なんて綺麗な光なんだ」

　ガアアアアアアアアアアアアアアアアアアアアアアアアアアアアアアアアアアアアアア！

　今までにない威圧(いあつ)感や恐怖を覚えたのか、ギガレックスは物凄(ものすご)い雄叫(おたけ)びを上げた。

「終わりだ、ギガレックス。貴様の出番は」

俺は告げる。そして振り下ろす。星すら落とすことができる、この聖剣エクスカリバーの最大にして最強の一撃。

「ホーリーブレイカ――――――――――――――――――――――！」

俺は聖剣エクスカリバーを振り下ろした。圧倒的なまでの聖なる光、星すら落とせる力がギガレックスに襲いかかる。

ギアアアアアアアアアアアアアアアアアアアアアアアアアアアアアアアア！

ギガレックスの断末魔（だんまつま）のような悲鳴が響いた。

◇【追放者サイド】

「な、なんだって!!　てめぇ！　今、なんて言いやがった！」

「す、すまねぇ、だから、クエストに失敗しちまったんだ」

クロードは謝る。謝られているのはクエストをクロードに流した冒険者たちだ。彼らがクエストを冒険者ギルドから受注した元受け、クロードのような冒険者ギルドから直接依頼を受けられない曰（いわ）くつき冒険者に流していたのである。

「す、すまねぇじゃねぇ！　どうしてくれるんだよ！　ええっ!?」

当然冒険者たちは怒る。

「俺たちはギルドになんて報告すればいいんだよ!! ジャイアントラット! でけぇネズミ一匹討伐できなかったって言えばいいのかよ!」

「だ、だから言ってるだろ、本当にすまねぇって!」

「謝って済む問題じゃねぇだろ……なあ、そこの女」

「な、なによ?」

「結構、良い身体してるじゃねぇか」

男たちは舌舐めずりした。

「性格は悪そうだけど、顔は結構綺麗な顔してやがるぜ。おっぱいもでけぇしよ! キキキッ!」

冒険者たちはニタニタと笑みを浮かべた。

「落とし前つけろよ。その女一晩貸せよ。確か『栄光の光』のドロシーとかいったか」

「お嬢さん、一晩俺たちの相手をよろしくな。キキキッ」

「ふ、ふざけないでよ! なんで私があんたらの相手なんて」

「ふざけんな! てめぇら! 俺らを舐めてるのか!」

「あんなネズミ一匹倒せねぇ奴ら、舐められて当然だろうが!」

「そうそう。何があったか知らねぇけどよ。あの『栄光の光』も落ちるところまで落ちたよな。キキキッ!」

核心を突かれ、クロードはキレた。

「ふざけんなっ！」

クロードは冒険者たちに殴りかかる。

「なんだっ!!　やるっていうのかっ！　おらっ！」

「ごほっ！」

クロードはボディーブローを食らい、悶絶した。思わず胃液を吐き出しそうになった。

「落とし前だ！　てめぇをボコボコのサンドバッグにして、それでストレス解消させてもらう！」

「キキキッ！　やってやるぜ！」

「ぐはぁっ！」

顔面を殴られ、クロードの口から鮮血が飛び散る。

「ちょ、ちょっと！　ボブソン！　あんたなんとか止めなさいよ！」

「い、嫌だ！　と、止めに入ったら今度は俺が殴られる！　こ、殺されるかもしれないっ！」

「ふ、ふざけないでよ！　この意気地なし！」

「み、皆さん！　どうかやめてください！　クエストに失敗したのは我々も申し訳なく」

カールが止めに入った。

「うるせぇ！　すっこんでろ！　この眼鏡！」

「ぐわあ！」

カールも殴られ、かけていた眼鏡が地面に転がる。

「てめぇもボコられてえのかっ！」

「く、くそっ！」

「ボブソン！　私、警備兵を呼んでくるわ」

王都アルテアには警備兵団という治安維持機能があった。当然ながら暴力行為は法律で禁止されている。そういった犯罪行為を抑止する統治機能は世界中のどこの国でも見受けられた。

亜人種の街でもそれに近い制度や仕組みはある。暴力を制するための治安維持機能は大抵どこでも存在していた。

「わ、わかった。俺も行く」

ボブソンもドロシーについていこうとする。

「一緒に行ってどうするのよ。どさくさに紛れて逃げようとしているでしょ！　あんたはなんとかクロードを助けなさいよ！」

「う、うむ！」

「時間がないわ！　私行ってくる」

ドロシーは警備兵団を呼びに行く。

◇

「おらっ！」

「ぐあっ！」

顔を殴られ、クロードは吹き飛ぶ。

「おらおらっ！　まだおねんねするには早すぎるぜ！」

冒険者はクロードを起こして、再度拳を浴びせようとする。既にタコ殴りにあったクロードの顔はパンパンになり、原型をとどめていない。

「ほらよ！　もう一発よっと！」

「お前ら！　何をしているっ！」

そのうちに警備兵団が現れた。

「や、やべぇ！　ずらかるぞっ！」

「ああ！」

「待て――――――――！」

警備兵団に追いかけられ、冒険者たちは蜘蛛(くも)の子を散らすように逃げていった。

「クロード!!」

ドロシーが駆け寄る。

タコ殴りに遭(あ)い、見るも無残(むざん)なクロードの姿があった。顔は腫(は)れ上がり、痣(あざ)ができている。

見えないところも痣だらけで骨折しているところもあるかもしれない。

「ま、待ってください！　クロードさん！　回復魔術（ヒーリング）！」

カールは回復魔術（ヒーリング）をかける。

「だぁからぁ……効かねぇ……っての」

頬（ほお）が腫れているため、上手（うま）く発声できていないが、何とか意味は理解できる。

「それでも何もしないよりはマシです」

「だぁしぃか……に」

確かに、と言っているようだ。

「後でもっとまともな回復術士（ヒーラー）のところに連れて行きましょう」

ドロシーは言う。

「ドロシーさん！　それじゃまるで僕がまともな回復術士（ヒーラー）じゃないみたいじゃないですか！」

「実際そうじゃない……そこを否定しても始まらないわよ」

「……そうですね」

「ああ」

皆、溜息を吐いた。自分たちは弱くなったと感じていたが、こんなに弱くなったとは思ってもみなかった。

◇

それは一般の回復術士が営む治療院にクロードを連れて行こうとした時のことであった。運命の出会いは唐突に訪れる。

「はぁ……はぁ……はぁ」

「しっかりしてよクロード。治療院はもうすぐよ」

「ああ」

カールの回復魔術で微弱な回復をしたクロードはドロシーに肩を借り、何とか歩みを進める。――と。その時だった。

「お、お前たちは……」

数人の冒険者たちが目の前に現れる。ばったりと遭遇したのだ。

「『白銀の刃』の方々ではないですか……」

カールは驚いた表情でそう言う。ギルド『白銀の刃』。トップギルド『栄光の光』とずっとトップの座を争っていた、いわばライバルギルドである。

中央にいる銀髪の美青年。レナード・レオナール率いるギルドだ。かつてはライバルギルドということで『栄光の光』と『白銀の刃』はよく比較もされた。

ギルドの営業成績などでも熾烈な競争を繰り広げてきたのである。

　そして、つい最近『栄光の光』は『白銀の刃』との接戦を制し、ついにトップギルドとして認められ、周知されることとなった。

「ど、どうして、お前たちが……」

　ボロボロのなりのクロードが言う。

「へっへっへっ。誰かと思えば、あの『栄光の光』の連中じゃねぇか」

「聞いてるぜ。なんでか知らないけど、お前たち今、ズタボロらしいじゃねぇか。見る影もねえな」

　ギルドオーナーであるレナードの取り巻きのような冒険者たちが嘲ってくる。

「けど感謝しなきゃな。お前たちが転げ落ちてくれたおかげで、俺たち『白銀の刃』がトップギルドに躍り出られたんだからなっ」

「くっ！」

　事実を突きつけられ、クロードの表情が歪む。

「よせ」

　レナードが仲間を制する。美しい見た目をしているが、ギルドオーナーをしているのだから見た目だけではない。実力も本物だ。聖騎士としての実力は本物であり、知略とカリスマ性にも富んでいた。

　彼を崇拝し、忠誠を誓っているギルド員は数多い。

『栄光の光』のギルドオーナーをしているクロードとしては、目下のライバルといった存在だった。

「レナード……」

「変わったな。クロード。かつてのお前は嫌味な奴ではあったがもっと自信に満ち溢れた顔をしていた。他の役員連中もだ。性格の良し悪しはともかく一目置かざるを得ない連中ではあった」

　レナードは残念そうに溜息を吐く。

「今のお前たちにはかつての勢いは見る影もない。まるで別人のようだ。何があったかは知らないが」

「くっ！」

　クロードは悔しさのあまり目を伏せた。

「ライバルがいなくなったのは残念だが、致し方ない。確かにお前たちが転落してくれたおかげで、うちがトップギルドになれた側面もあるからな」

　残念そうにレナードはクロードを見やる。

「時間の無駄だ。行くぞ」

「「「はいっ！」」」

　クロードなど眼中にないかのようにレナードたち『白銀の刃』の連中は通りすぎていく。

クロードは地面に膝をついた。

「く、クロード……」

ドロシーが心配そうに声をかける。

「ちくしょう！」

クロードは涙を流した。クロードとてトップギルド『栄光の光』のギルド長をしていたのだ。今も『栄光の光』のギルド長ではあるが。そして未だそれなりにプライドというものが存在していた。そのプライドを大きく傷つけられた。

「ちくしょおおおおおおおおおおおおおおおおおおおおおおおおおお！」

かつてのライバルに、眼中にないかのように振る舞われた。まるでギルド『栄光の光』は既に終わったと言わんばかりに。

悔しさと惨めさのあまり溢れ出てくる涙と共に、クロードの絶叫が街中に響く。

◇【フィルド視点】

「すごい……すごいです、フィルド様」

ルナシスは感嘆した様子で呟いた。振り下ろされた膨大な聖なる光は山程の大きさがあるギガレックスを一瞬にして呑み込み、そして消失させていった。

ギアアアアアアアアアアアアアアアアアアアアアアアアアアアアアアアア！

盛大な断末魔の絶叫の末に、ギガレックスは果てていく。最後には一片の肉片すら残さず消失する。

その時だった。天から光が降り注いできたように感じた。大量の経験値が降り注いできたのだ。ギガレックスはただでさえ、多くの経験値を有している。それを10倍にした経験値。どれほど膨大な経験値が行き渡ることになるのか、俺ですら想像できない。

「す、すごい……力が溢れてくる」

ルナシスはその経験値を実感していた。

「ち、力が漲（みなぎ）ってきますぞ！」

「き、騎士団長！　これほど力が漲ってきたことはこれまで一度としてありませんっ！」

「い、いったい我々はどれほどの経験値を授かったというのでしょうかっ！」

エルフの騎士団は興奮気味だった。

「やりましたねっ！　フィルド様！　全てはフィルド様のおかげですっ！」

「あっ、ああ」

超大型モンスターであるギガレックスは倒した。そして取得できる経験値を10倍にした。どれほどの経験値かはわからないが、どう考えても莫大な経験値量になる。例えるならそうだ。レベル1の冒険者100人をレベル100にできるような。そんな莫大な経験値。

　エルフの民を成長(レベルアップ)させるのには十分な経験値量のはずだ。近くこの経験値をエルフの民に分配する。経験値分配能力者(ポイントギフター)による能力で。

　そうすれば森の魔力は回復する。エルフの民を救える。今までエルフの国を献身(けんしん)的に支え、結果として死の危機に瀕(ひん)しているイルミナを救えるはずだ。

　ゆっくりとしている暇(いとま)はない。イルミナの命だっていつまで持つかもわからないんだ。

「早く行かないと」

　俺は歩き出す。その時、大きくバランスを崩し、倒れた。

「フィルド様!?　フィルド様!?　フィルド様!?」

「くそっ……体が動かない」

『星落とし(ホーリーブレイカー)』の効果によるものだった。あのEXスキルは強力ではあったが、大きな代償(だいしょう)を必要とした。MPが空(から)になり、HPが1になった俺はいわば死にかけの状態だ。

　もはや歩くことすら困難である。

「早く行かないと……イルミナの命が」

　しかし体は言うことを聞かない。意識が途絶(とだ)える。

「フィルド様――――――!?」

　最後に聞こえてきたのはルナシスの叫び声だった。

◇

「うっ……ううっ」

俺は一瞬気を失っていた。ＨＰが１になった影響だろう。意識が朦朧としている。段々と視界が戻ってきた。立ち眩みのようなものだ。そんなに重症ではない。視界が回復してきた時見えてきたのは瞳を閉じたルナシスの顔だった。

「んちゅ――――――！」

唇を近づけてくる。

「ま、待て。ルナシス。何をしようとしている？」

「フィルド様！　……目覚められたのですね。ちぇっ。もう少し眠っていられればよかったですのに」

「何をしようとしていた？　ルナシス」

ルナシスは舌打ちした。

「そ、それはですね」

ルナシスは顔を真っ赤にして言う。

「倒れたフィルド様の救命措置として人工呼吸を」

「海難事故でもないのに人工呼吸をしてどうする！」

俺は叫んだ。ちなみに海難事故の場合でも人工呼吸をする必要はなく、心臓マッサージでいいらしい。

「そ、それもそうですね」

「単に俺とキスをしたかっただけだろ」

「そ、そんなことはありません！　私はフィルド様の身を案じて人工呼吸を！」

「わかった。そういうことにしておいてやる。それよりポーションをくれ」

この戦闘のために、当然ながら回復アイテムくらい持ってきていた。

「はい。どうぞ、フィルド様」

「ああ。ありがとう」

俺は青色の小瓶(こびん)を受け取る。最初から人工呼吸などではなく、ポーションを渡せという話だ。HPが1になっているのが原因なのだから。

ごくごく。ポーションを飲んだら大分楽になった。HPがそれなりに回復したようだ。全快には程遠いが、それでも戦闘をしないのなら問題はない。通常の行動程度だったら申し分のない状態になった。

俺は立ち上がる。

「もうよろしいのですか？　フィルド様」

「ああ。普通に動く分には問題ない」

見回す。自信が張っているエルフ騎士団がいた。

「無事、ギガレックスの経験値を得ることができたみたいですね」

「はい！　こんなに力に溢れているのは初めてです！」

「我々はフィルド様に比べたら微弱な力しか持っていないですが、かつての数倍は強くなった気がしますよ」

　戦闘の時には見られなかった自信がエルフ騎士団から窺えた。

「これもフィルド殿のおかげです！　フィルド殿のおかげで我々エルフの国は救われます！」

　騎士団長は涙を流して礼を言ってきた。

「騎士団長、まだ最後の仕上げが残っています。それが終わるまではエルフの国を真に救えたとは言えません」

　俺は告げる。経験値分配能力者として、騎士団が取得した経験値をエルフの民に分配する。そしてエルフの民が成長することで森の魔力を回復させる。

　これをやり遂げなければ真なる意味でエルフの国を救ったとはいえない。だが、大仕事がひとつ終わったには違いない。ほっと一息吐くくらいは許されるはずだ。

「帰りましょうか」

　ともかくエルフの国に帰らなければ始まらない。

「エルフの国へ」

「はい！　フィルド様！」

ルナシスは笑顔を浮かべた。俺たちは険しい道のりではあるが、軽い足取りで帰路につくことになる。

「おおっ！　帰ってきたのかっ！　皆の者っ！」

国王はエルフの国境、出入り口で俺たちを出迎えた。国王という身分であるのだから他にやることもあるはずだが、仕事が手につかない程、俺たちのことが気がかりだったのだろう。

それほど重要な作戦であったのだ。

「皆の者っ！　よくぞ帰ってきた！　大儀(たいぎ)であった！」

国王は俺たちを労(ねぎら)う。

「それでどうだった？　結果は？」

「ええ。大型のモンスターを倒し、無事に大量のＥＸＰ(経験値)を獲得しました」

「おお！　そうかっ！　それは実によかったっ！　安心しましたぞっ！　フィルド殿」

「まだ終わりではありません。仕上げがあります」

「仕上げ？」

「ええ。エルフの民をどこか広い空間に集めてください。そこでこのＥＸＰ（経験値）を経験値分配（ポイントギフト）します」

「広い空間か？　わかった！　お触れを出そう！　場所は王城の前の広場だ！」

　こうしてエルフの民は広場に集まることとなる。

◇

「皆の者！　聞くがよい！」

　しばらくの時を経て、広場にエルフの国の民が集結した。その数、数万といったところだ。人間の国に比べると極端に少ない。国というよりは町といった程度の規模であろう。出生率の低いエルフなのだから、その個体数が少ないのも必然と言えた。

「これよりフィルド殿及びエルフ騎士団が大型モンスターを討伐し、獲得した経験値を分配する！」

　エルフ王はそう宣言する。

「け、経験値を分配だって……」

「それで一体、俺たちはどうなるっていうんだ」

　エルフの民たちはざわめきはじめた。

「皆の者！　静粛（せいしゅく）に！　静粛にせい！　その目的と意味を伝えよう！　人間の英雄である彼、フィルド殿は経験値を分配する能力を有している！　その能力で大型のモンスターを討伐し、膨大な経験値を得たエルフ騎士団！　彼らの経験値を諸君らに分け与えるのだ！」

「経験値を分け与えるだって？」

「分け与えてどうするんだ？」

　国民はまたざわつく。

「エルフの民と森の魔力は密接に結びついている！　最近、森の魔力が枯渇しかかっていることは皆の者も知っているところであろう！　エルフの民が成長（レベルアップ）することで森の魔力が復活する！　この国の者が冒されている病魔を払拭（ふっしょく）することができるのだ！」

「森の魔力が復活！」

「そうなったら、私たちももう、病気にならなくて済むの？」

「苦しまないで済むのか!?　本当に」

「恐らくそうなるであろう！　それではフィルド殿、騎士団が大型モンスターより得たＥＸＰ（経験値）を皆の者に分配してはくれぬか」

「わかりました。エルフ王」

　俺は一歩前に出る。高台からエルフの民を見下ろす恰好（かっこう）になる。

「民に経験値分配（ポイントギフト）」

俺は経験値を分配する。経験値が煌びやかな光となり、エルフの民に降り注いでいく。

「綺麗……」

その光景を見たエルフの女性が呟く。

「ち、力が溢れてくるぜっ！」

「ああっ！　こんな経験初めてだ！」

「こ、これが成長するってことか」

ギガレックスを討伐し、尚且つ10倍にした経験値の量は莫大であった。レベル1の人間100人をレベル100にできるかのような、膨大な経験値。

それだけの経験値がエルフの民に分配されたのだ。

俺は胸を撫で下ろす。これで本当の意味で俺の役割を終えた。俺にできることはもはや何もない。

森の魔力が回復したのかどうか。

そうだ。イルミナだ。森の魔力不足を献身的に支えていた彼女の存在が気になる。俺では森の魔力が回復したかどうかは確認できない。

だが、イルミナが回復していたならばその証となるだろう。

それも大事だけど、俺は単に彼女の身を案じていたのだ。作戦中も心配で仕方がなかった。帰ってきてから一度も会っていない。

「ルナシス……イルミナのところに行こう」

「そうですね。フィルド様」

ルナシスは頷く。俺とルナシスはイルミナのもとへと向かった。

◇

「イルミナ！　イルミナはどうなったの!?」

俺とルナシスはイルミナのいる部屋に飛び込んでいく。ノックもなしで。そこにはイルミナと看病をしている王妃の姿があった。

「お姉様……それからフィルド様」

「良かった！　良かったわね！　イルミナ、本当に良かった！」

イルミナに泣きついている王妃を目にして、俺は安堵する。その様子だけでイルミナが快復したのだとわかった。

「私……本当に治ったのですか？　これは夢ではないでしょうか。私は夢を見ている、そう思った方が自然です」

イルミナは、憑き物の落ちたような顔をしていた。死人のような生気のない表情をしていたその顔に生気が戻っていた。顔色が良くなっている。

「その様子、森の魔力は戻ったみたいだな」

俺は安堵の溜息を吐く。森に魔力を捧げていたイルミナ、それ故に自身の魔力が失われ、病を患っていたのだ。

しかし今はもうイルミナが森に魔力を捧げる必要はない。むしろ森から魔力が流れ込んできているかもしれない。

森とエルフには密接な関係性があった。あり得る話だ。

もはやイルミナは森の魔力のために縛られる必要はなくなった。森に魔力を奪われ、病を患うこともなくなったのだ。

「信じられません。これは夢ではないでしょうか？　とても現実とは思えません」

「何を言っているのよ、イルミナ！」

ルナシスも涙を流した。妹の快復を姉ならば喜ばないはずがない。母である王妃と同じく、イルミナに抱きついた。

「良かったな。イルミナ」

俺も思わず涙が出そうであった。だけど俺は男だ。堪える。だけど堪えきれずに少しばかり涙がこぼれたかもしれない。一粒の涙が頬を伝うのを感じた。

「本当に私、治ったのですね？　では森の魔力の問題は、フィルド様が解決されたということですか!?」

「俺だけじゃない。そこにいるルナシス、それからエルフ騎士団の活躍もあったんだ」

「ありがとうございます！　フィルド様！　それからお姉様！」

イルミナは涙を流しながら母――そして姉と喜び合った。今は家族水入らずの時間を過ごす時だ。

「イルミナ！　イルミナはどうなっている!?」

国王が部屋に飛び込んできた。

「お父様、もう私は大丈夫です。今まで感じていた苦しさがなくなり、かつてより元気になった程です」

イルミナは笑顔を浮かべて告げる。

「そ、そうか！　よかったっ！　よかったなっ！　イルミナ！」

「はい！」

「本当によかったっ！　わしはもうどうなることかとっ！」

国王もイルミナに抱きつく。両親、そして姉であるルナシスはイルミナの快復を涙を流し喜んでいた。

「これもフィルド殿！　貴殿のおかげだ！」

「本当です！　フィルド様！　最初にお会いした時、きついことを言ってしまって申し訳ありません。あなたがエルフの国の危機を救い、イルミナの命を救ってくれる、我々エルフの救世主だとは思いませんでした」

　王妃も涙を流しながら俺に感謝の言葉を述べた。

「ありがとうございます……流石は私の尊敬しているお方、フィルド様です。フィルド様ならエルフの国の窮地（きゅうち）を救い、そしてイルミナの命も救ってくれると、そう信じておりました」

　ルナシスも涙ながらに言う。

「ありがとうございます、フィルド様。私の命を救ってくれたお方、そしてエルフの国の危機を救ってくれたお方。もはやどうやって恩返しすればいいのか想像することすらできません。一生をかけてでもこの御恩、少しずつ返していけたらと思います」

　エルフは長寿の生き物だ。その一生をかけて返していくという言葉はあまりに重かった。というか、絶対人間の俺は途中で死んでるだろ。苦笑するよりほかない。

「大げさだよ、イルミナ」

「大げさなわけがありますか！　フィルド様はそれだけのことをしたのです！　フィルド様は私たちエルフの救世主！　そして私の命を救ってくださった恩人です！　フィルド様、私にできることならなんなりと申してくださいませ」

　イルミナはそう訴えてくる。

「そうだ。フィルド殿。貴殿はエルフの国の救世主、そしてイルミナの命の恩人だ。後日盛大なパーティーを催（もよお）そう！　国を挙げての盛大な祝いの宴（うたげ）だ！」

「ええ！　そうしましょう！　その日はもう一日中お祝いよ！」

「ああ！　その日は祝日としようぞ！　エルフの国が救われた日として、代々受け継いでいこう！」

国王と王妃は大はしゃぎだった。

「フィルド殿、どうかそのパーティーに参加してはくれぬかっ⁉」

「えっ⁉　いいんですか？　俺は人間ですよ。部外者の人間がそんなパーティーに」

「何を言っておるのだ‼　エルフかそうでないかなど関係がない‼　貴殿はエルフの国を救ってくれた英雄なのだぞっ‼　その英雄がいなければ始まらないではないか」

「わ、わかりました。ではお言葉に甘えて」

俺は苦笑する。ここで断るわけにもいかなかった。

「それだけでは留まらないな。英雄をもてなすとなると、何か褒美を与えなければ」

「い、いらないですよ！　だって国王陛下からは聖剣エクスカリバーなんて伝説の剣を与えていただきましたもの‼　これ以上はなにもっ！」

「何を言っておる‼　貴殿の活躍はそれでは足りないくらいなのだ。何か褒美を考えておこう。そうだな……宴が終わった翌日には」

「はあ……ありがとうございます」

「さあ！　それでは宴の準備と参ろうか！」

「はい。あなた」

王妃が応える。そして二人してどこかへ向かっていった。色々と宴の指示をすることがあるのだろう。

「フィルド様、部屋を用意しておきます。どうか今日はエルフ城に泊まって行ってくださいませ」

イルミナにお願いされる。

「フィルド様、どうか知らないうちにどこかへ行かれる、なんてつれないことがありませんように」

含みのある笑みでルナシスが言ってくる。

「うっ」

こいつ、俺の性格がわかっているな。こっそりと抜け出してどこかへ行くつもりだったのに。

「それではフィルド様、メイドに部屋に案内させます」

しばらくしてメイドのエルフがやってくる。これまたすごい美少女だった。エルフは美人ぞろいだな、改めて俺はそう思った。

「フィルド様、こちらにいらしてください。ご案内します。エルフ城には大浴場がありますので、どうかお入りになって汗(あせ)を流してくださいませ」

メイドが言う。

「ああ。ありがとう」

確かに汗臭くなっていたな。それだけ激しい運動をしてきたのもある。布で汗を拭ったりはしてきたが、それだけで汚れの全てが取れるわけではない。あくまで気休め程度だ。

俺はエルフのメイドに部屋に案内された後、大浴場の場所を教えてもらう。

そして早速大浴場へ向かっていった。

◇【追放者サイド】

ギルド『栄光の光』は物凄い勢いで弱小ギルドからトップギルドへ成り上がっていった。そして、その成り上がったスピードの何倍も早く、落ちぶれていったのである。

その速さは高所から飛び降りるがごとしであった。転落というより、もはや墜落である。

ギルドの資金が底を突いた『栄光の光』はその後資金を用意できず、ギルド税の滞納、数々の借金の未払いなどが続いた結果、待ち受けていた結末はひとつだけである。

それはギルドの終焉である。国からのギルド解体命令だ。ギルドを強制的に解体し、持っている資産を清算する、そうすることで不良債権を少しでも縮小しようというものだ。

ギルド解体。すなわち、それは運営しているギルドの終了である。

◇

ギルドの解体が決まった日、クロード及び役員の三名は集まっていた。

「ついにこの時が来ましたね」

カールは溜息交じりに言う。

「ああ」

とボブソンが応える。

「ギルド、『栄光の光』もついに終わりね」

ドロシーも溜息交じりに告げる。

「上手くいっている時は、この流れが永遠に続くと思っていました。まさか僕たちのギルド『栄光の光』がこんな惨めな結末を迎えるとは。絶好調の時の僕たちに言っても、大笑いして聞き入れなかったことでしょうね」

眼鏡をくいっ、と上げつつ、カールは話す。

「そうね」

「そうだな」

ドロシーとボブソンが頷く。

「お、終わりじゃねぇ！　これで!!　俺たち『栄光の光』は終わってねぇ！　これからまだやり直せる!!!」

既に観念している役員三人に対して、クロードはまだ『栄光の光』に執着していた。その執着っぷりは少々異常であった。

「もう諦めなさいよ。クロード」

ドロシーは諫めるように告げる。

「ど、どうするんだよ？　お前ら。『栄光の光』をやめて、それで一体、何をするつもりなんだ？」

「僕はヒーリングマッサージ店を営もうと思います。僕の回復魔術ではもう、怪我人の治療はできません。ですが、肩こりや腰痛くらいなら癒やせると思うんです。僕の回復魔術を使いながらマッサージすれば、結構、効果が出ると思うんですよ」

カールは自分の今後の身の振り方を語り始めた。

「幸い役員の時頂いた報酬がそれなりの金額残っています。王都で個人店を営むくらいはできると思うんです。もうモンスターと向き合うのはこりごりです。今の僕の回復魔術ではダメージを回復できずに、死人が出てしまうほどですから」

「そ、それでいいのかよ!!」

「僕が考えた結論です。ボブソンはどうするんですか？」

「俺はだな、田舎のママのところに帰ろうと思ってるんだ」

「田舎に？」

「んだ。田舎にママ一人残して都会の方に出てきたから、ママも心配してる。それで手紙でママに近況を話したんだ。それで仕事が上手くいってないって説明したら幸い、『帰ってこい』って言ってくれたんだ」

　ボブソンは達観した目で言葉を継ぐ。

「俺もカールと同じでそれなりに蓄えがある。しばらくは働かずにママと一緒にいたいんだ。ママはそんなに身体が強くないからな。しばらくはその蓄えで生活して、それが尽きたら近所の農業を手伝うよ。鍬を振るう第二の人生も悪くないかもな」

「いいのかよそれで!!　そんな夢のねぇ単調な日常で!!　俺たち夢語ってたじゃねぇかよ！『栄光の光』をここら辺だけじゃねぇ！　世界中に名が轟くくらいの世界トップのギルドにしようって!!」

「それはもう無理だ。当時は有頂天だったからそう思えたんだ。自惚れてたんだ。悲しいけどこれが現実だ」

「僕もそう思います。悲しいですが、これが僕たちの現実なんです」

「そ、そうかよ!!　ドロシー、お前はどうするんだ？」

「私はもう魔導士を綺麗さっぱりやめるわ。こんな効果のない魔法、需要がないもの」

「や、やめて、どうするんだよ？」

「適当な男でもひっかけるわ。それなりに金を持っていそうな。どこかの貴族か富豪でも。ほら、私って魔法は使えなくても美人じゃない？　それにプロポーションもいいし。この容姿と身体つかえば、決して難しくはないと思うの」

「ドロシー!!　てめえ!!」

実は……である。仕事の都合上、表には出さなかったが、クロードとドロシーは恋人関係であった。

業績が絶好調であったギルドの仲間たちの手前もあって、まだ結婚の手続き自体はしていなかったが。クロードからすれば仕事が落ち着いたらいつでも夫婦の関係になることを考えていた相手なのである。

「お前!!　俺を捨てる気か!!」

もはやクロードは彼女との関係を秘密にする気は毛頭なかった。だが他のギルド員はともかく、緊密な関係にあったカールとボブソンは二人の関係を察していた。

「だって、仕方ないじゃない。あんたはトップギルドの『栄光の光』のギルドオーナーで、自信に満ち溢れていて、金持ちで、剣も魔法の腕も確かで。かつてのあなたは素敵だったわ……まあ、性格は陰湿で嫌味で悪いところも沢山あったけど、それは私も同じだし。私たちって、結構いいカップルだったんじゃない？」

寂しげにドロシーは呟く。

「まあ、けどもう過去の話よ。クロード。あなたにはもうかつてあった魅力が何もない。もはやギルドオーナーですらないもの。社会的身分も金も、剣と魔法の実力も、そして自信も、何もかも失ったわ。もはやあなたに惹かれるだけの魅力がないの」

「お、俺に……もう魅力がない。何も魅力がない」

　ドロシーに核心を突かれ、クロードは茫然とした。恋人、いや、もうドロシーの中では関係が終わっていることであろう。元役員にして元恋人の言葉はクロードのハートにナイフのように突き刺さった。

　残っていたプライドが粉々になる程の痛烈なダメージだ。

「そういうわけで。これでさよならよ。クロード、最後はあれだったけど、今まで楽しかったわ」

「僕も失礼させてもらいます。長い間お世話になりました。皆様のこれからの幸福を祈ってます」

「俺もだ。さて、田舎に帰るかな。きっとママ泣いて喜ぶぞ」

　ボブソンは張り切る。三人の役員が別々の方向へ進もうとしていた。クロードだけが進めずにその場に立ち尽くしている。

　クロードの中で何かが切れた。

「うおおおおおおおおおおおおおおおおおおおおおおおおおおおおおおお！」

「なっ！　なにっ!?　ぐおっ!!……」

　クロードは持っていたダガーでボブソンの心臓を貫いた。ちなみに魔剣ウロボロスは重くて満足に振るえないので盗賊用の軽いダガーを装備するようになった。同じ程度の低レベルな冒険者が相手なら、不意打ちさえできれば今のクロードでも遅れを取らない。

「そ、そんな、馬鹿なっ……ま、まま」

ボブソンは崩れ落ちる。

「うおおおおおおおおおおおおおおおおおおおおおおおおおおおおおおおおおおお！」

「ひ、ひいっ！　やめてください！　やだぁ！　うわあっ！」

ザシュ。クロードのダガーがカールの胸に突き刺さる。

「そ、そんな、こんなのって、あんまりですっ!!」

どさっ、とカールは地面に崩れ落ちた。血が止まらない。今のカールの回復魔術ではとても癒やせそうにない。

「カール!!　ボブソン!!」

この至近距離で不意打ちされたら、ほとんど魔力を持たない魔導士のドロシーが一応は剣士であるクロードに敵うはずもない。

「うおおおおおおおおおおおおおおおおおおおおおおおおおおおおおおおおおお！」

「やめてっ！　クロード!!　あんた取り返しのつかないことに!!」

ザシュ。

「うっ！　ううっ!!」

　ダガーがドロシーの胸に突き刺さる。胸から大量の血が流れる。

「……はぁ、はぁ、はぁ。もう取り返しなんてつくわけねぇだろうが」

　クロードは吐き捨てる。

「俺についてこれねぇ、ってんならお前たちはもう用済みだ。あの世に行ってろよ」

「ば、馬鹿ね……クロード、あんた。こんなことして何に」

　ドロシーから反応がなくなった。気を失ったのであろう。失血死するのも時間の問題といえた。

「くっくっく!!!　あっはっはっはっはっはっはっは!!!　俺についてこれねぇてめぇらが悪いんだからな!!!」

　身勝手な言い訳をし、クロードは哄笑した。おびただしい鮮血と共に役員三人の死体が並ぶ、実にひどい惨状であった。

「どうしてこうなった？　そうだフィルドだ!!　フィルドが『栄光の光』を出て行ったせいでこんなことになったんだ!!　全部あいつのせいだ!!」

　フィルドを追放した責任など微塵も感じず、クロードはフィルドに責任転嫁していた。

「どこにいやがるフィルド。捜し出して、絶対ぶっ殺してやるからな。くっくっくっくっく、あっはっはっはっはっはっは！」

　クロードの次なる逆恨みはフィルドへと向かっていった。

◇【フィルド視点】

「はぁ～…………」

大浴場に入った俺は一息ついた。極楽だった。宮殿にある広い浴場は完全に貸し切り状態だった。とびっきりの贅沢だ。

ましてや一仕事して汗をかいた後なので余計に気分がいい。ましてやあれだけエルフの国王や王妃、それからルナシスとイルミナに感謝された後なのだ。

気分が悪いわけがなかった。

「さてと……次は体を洗うか」

俺が浴槽から出た時のことだった。

ガラガラ。

戸が開かれる音がする。誰が入ってきたか、すぐに予想がついた。だが、その予想はすぐに裏切られることになる。

「ルナシス、お前、いい加減に……って」

俺は目を疑った。風呂場に入ってきたのはルナシスではなく、イルミナだったのだ。

布切れ一枚を持っただけのイルミナは自分の体を隠そうとはしなかった。姉であるルナシスと比べれば控えめな体つきとはいえ、こちらもそれなりに意識せざるを得ない。

「イルミナっ！　どうしてっ⁉」

「そ、それは……フィルド様のお背中をお流しに来たのです！」

　顔を真っ赤にしながらイルミナは言ってきた。

「背中を流しに……け、けど、なんで」

　俺もまた顔が真っ赤になる。

「私たち、エルフをお救いになり、そして私の命をお救いくださったフィルド様ですから。その功績を労いたいと思うのは当然のことです」

「け、けどさ……なんで裸……」

　気恥ずかしさから俺は視線を外す。

「フィルド様！　もしかして私の体、見苦しかったでしょうか⁉」

　イルミナは心配そうに声を張り上げる。

「え？」

「確かに私はお姉様と違って、あまり胸もないですし、フィルド様のお好みではなかったでしょうか？」

「そ、そんなことないけど」

「……そ、そうですか。それは良かったです」

イルミナは胸を撫で下ろす。

「それではフィルド様、よろしければ背中を流させてはもらえないでしょうか？」

「あ、ああ……」

ドギマギしつつも俺はイルミナの提案を無下にすることはできなかった。

俺はイルミナに体を洗われる。俺の心臓の音はさっきから高まりっぱなしだ。無理もないだろう。こんな綺麗な少女に近づかれて何も感じないはずがない。俺だって健全な男なんだ。

「か、体の方はもう大丈夫なのか？　イルミナ」

間が持たなくなった俺は適当に話し始める。

「はい。フィルド様のおかげですっかり元気になりました。今では普通に生活することができます。本当にありがとうございます」

「そ、そうか……それは良かったよ」

また沈黙する。間が持たない。イルミナという美少女に背中を流されているという状況を受け止め切れていない。

「大きい背中です」

背中を洗いつつ、イルミナは言ってくる。

「え？」

「大きくて逞しい背中。この背中でエルフの国を、そして私を救ってくれたのですね」

感嘆した様子で言ってくる。

「俺だけじゃない。ルナシスやエルフ騎士団の協力があってこそだ。俺だけでできることではなかった」

「それは確かにそうかもしれません。ですがそれでもフィルド様がいなければエルフの国も私も救われなかったのは確かです。フィルド様が私たちをお救いになった英雄であることには何も変わりありません」

イルミナは俺の前にやってくる。

「うっ……」

俺は目を伏せた。背中を洗われるだけならまだいい。姿が見えないのだから。前にこられると、色々と見えてしまう。

ただでさえ恥ずかしくて心臓が高鳴っているのに、余計にドキドキが止まらなくなる。

「私、フィルド様にお願いがあるのです」

「お、お願い？　ど、どんな……」

「言っても構わないでしょうか？」

「あ、ああ。言っていいよ。俺にできることなのか、なんなのか見当もつかないけど」

「はい……フィルド様、どうか私を――」

イルミナは潤んだような瞳で告げてくる。

「娶ってはいただけないでしょうか？」

「娶る!? め、娶るってどういう」

「それは勿論、フィルド様の妻にしてほしいということです！」

「つ、つまぁ！」

俺は思いがけない告白に少々気が動転していた。

「は、はい。妻です」

イルミナは顔を真っ赤にして恥じらっていた。

「け、けど、どうして急に。俺たち、出会ってそんなに経ってないだろ」

「出会ってからの時間は問題ではないと考えています。王族というのは初対面の相手と結婚することも珍しくありませんし、王家の都合で結婚することはよくあることです」

イルミナは王女である。それにエルフだ。だから俺たち、人間の一般人のような恋愛観、結婚観を持っていないのかもしれない。だがそれでも俺は突拍子もなさすぎるように感じる。

「それはそうかもしれないけど、けど、なんで俺といきなり結婚って。俺がエルフならまだわかるんだけど、俺は人間だぞ」

俺とイルミナが結婚する。それはエルフの社会的にいって一大事ではないか。だって、俺がいわば国王になる……いや、ルナシスが他の誰かと結婚すればそうはならないか。あまり想像できないが。だが間違いなく俺は王族としてエルフの国に迎え入れられることとなるだろう。

「それはさほど大きな問題ではないと感じております。フィルド様のこの度のご活躍にエルフの民は大変感謝しております。エルフの民は人間のように個体数が多くありません。そのため反発する民は殆どいないと思われます」

「それはわかるんだが。どうして俺がいいと思ったんだ？」

「そんなの決まっています。フィルド様は我々エルフを救った英雄です。そして私の命の恩人です。人を好きになるのに理由はいらないと思いますが、理由としては十二分ではないでしょうか？」

「た、確かに」

「何か目的や理由があってのことではありません。単純に私がフィルド様を好きで、お慕いしており、一生を添い遂げたいと思ったからお願いしているのです。ダメでしょうか？」

「ダ、ダメとか……そういうのじゃ」

「フィルド様……」

イルミナは瞳を閉じた。唇が迫ってくる。

「うっ……」

絆(ほだ)されそうになっている自分がいる。イルミナって、病弱でルナシスとは違った正反対の大人しいタイプかと思ったが、流石は姉妹だ。根っこの部分は共通している。病気さえ治ればこうまで積極的に来るのか。

「どうか、私の一生をフィルド様に添わせてください」

唇が迫ってくる、思わず流されそうになったその時だった。

ガラガラ。

また戸が開く。

「フィルド様！　フィルド様を愛する私がお背中をお流しに参りました！　えっ⁉」

イルミナに遅れて、全裸(ぜんら)のルナシスが風呂場に入ってくる。

「イ、イルミナ！　どうして、フィルド様と！　イルミナ！　フィルド様に何をしようとしていたのです」

「それはお姉様、フィルド様に求婚していたところです」

「な、なんですって！　イルミナ！　いくら私の妹でも、それは許可できないです！」

「ルナシスお姉様、どうしてお姉様の許可がいるのですか？　フィルド様の許可さえあれば問題ないことではありませんか？」

「な、なんですって!!　イルミナ!!」

「なんですか!!　お姉様!!」

二人は睨み合う。二人とも全裸だ。芸術品のような裸体を惜しげもなく晒している。

どうでもいいんだが、喧嘩しないでくれ。俺が原因で姉妹喧嘩されるのも困る。それに喧嘩は美しくない。見ていて気分が良くなかった。

「やめてくれ。ルナシス、イルミナ、喧嘩は」

「フィルド様……」

「申し訳ありませんフィルド様、そうですよね。喧嘩は。お姉様、仲良くしましょう。この地上で二人といない姉妹なのですから」

「ええ……そうね、イルミナ」

ルナシスとイルミナは微笑み合う。良かった、喧嘩が収まった。

「それにお姉様、私、気づいたことがあるんです」

「え？　何を？」

「フィルド様と結婚できる妻は一人とは限らないではないですか」

「た、確かに、エルフの国では重婚は禁止されていないわね」

「そうです。だから私たち二人で、仲良くフィルド様のお嫁様になればいいんです」

「そ、そうね。それだけの問題ね。二人でお嫁様になればいい！　それで解決するね！」

二人はにこりと微笑んだ。

お、俺の気持ちは一切無視か。まあいいが。姉妹が仲良くなることが最優先事項だ。

「それではお姉様、フィルド様の背中を流すのを再開しますが？　お姉様はどうされますか」

「私も勿論手伝います！」

「わかりました。でしたら二人でフィルド様の背中を流しましょう」

か、勘弁してくれ。こうして俺はルナシスとイルミナの二人に背中を流されることとなる。

エルフの国を襲っていた危機は過ぎ去った。そしてそれから1週間の時が過ぎようとしていた。その日は、日々準備をしていた祝いの宴が開かれることになっていた。

危機が過ぎ去った後、エルフの民からは溢れんばかりの笑みがこぼれていた。

その様子を見ただけで俺は自分のしたことを誇らしく思ったし、やってよかったと思った。

偶然の訪問ではあったが、それがエルフの民を救うことに繋がったのだ。自分がこの国を訪れなければ、多くの人命が失われたと思うとぞっとする。

俺たちはエルフ城の広間に集まっていた。シャンデリアが煌めき、音楽隊が軽快な音楽を奏でる、そこは素敵なパーティー会場となっていた。当然のようにテーブルの上には豪華な料理が所狭しと並んでいる。

俺も当然のようにそれなりのドレスコードにしなければならず、否応なく貸与されたタキシードを着ることとなる。

「あの人がエルフの国を救ってくれたフィルド様だわ」

「あの人が我々を救ってくれた英雄」

周囲のエルフたちがざわめき立つ。

「くっ……」

俺は人間だ。当然エルフのように耳が尖っているわけではない。人間の英雄がエルフの国を救った、となれば一目瞭然。

今このエルフの国には俺以外に人間などいないのだから。人間を見れば、それがすなわちエルフの国を救った英雄なのだとすぐに理解できてしまう。

「フィルド様!! お待たせしました」

「ああ……」

別に待ってないんだがな、という言葉を呑み込む。ルナシスはドレスを着ていた。青色のドレスだ。

「いかがでしょうか?」

ルナシスはどちらかというと清廉なイメージがある。だから青のドレスはよく似合っていた。青のイメージ、それは空か、あるいは海を思い起こさせる。

「似合ってるよ」

純粋にその感想を述べる。

「そうですか！　嬉しいですっ！」

ルナシスは抱きついてくる。

「お、おい！　ルナシス、抱きつくな。皆、見ているぞっ！」

「構いません！　フィルド様、だって私たちはそういう関係ではないですかっ！」

ルナシスははしゃいでいた。

「落ち着け。まあ、確かにエルフの国が救われたし、妹のイルミナの命も救われた、だからはしゃぎたくなる気持ちもわかるが」

俺だって少しは浮足立っている。それだけの大仕事を終えてきたのだ。

「フィルド様！」

その後、イルミナも姿を現す。

「イルミナ……」

イルミナは白のドレスを着ていた。これも彼女によく似合っていた。白はもっとも純粋で無垢な色だ。無垢な彼女のイメージにぴったりで寸分の違和感もない。

「いかがでしょうか？　フィルド様」

「ああ。似合っているよ、イルミナ」

嘘ではない。純粋な感想だ。

「まあ、嬉しいです！　フィルド様」

イルミナも俺の腕に抱きついてくる。

「な、なんだよ、イルミナまで」

「私、夢みたいなんです。こうしてドレスを着て、パーティーに出られるのが。だってずっと床に臥せていましたから。てっきりそこで一生を終えるものだと」

「そうか……」

「これもフィルド様のおかげです。ありがとうございます」

イルミナは笑みを浮かべる。

「ああ。そう言ってもらえて嬉しいよ」

しかしエルフの国の王女二人に囲まれるって贅沢なシチュエーションだよな。他の男たちの嫉妬ややっかみが怖いくらいだ。

「あっ、お父様とお母様です」

演台に国王と王妃が上がって行った。

「皆の者、静粛に」

皆、静まり返る。

「それではこれよりエルフの国が危機より救われたことを祝し、乾杯させてもらう。エルフの森の魔力は民の成長により回復した。今後1万年は安泰のようだ」

パチパチパチ、拍手が響く。皆、危機が去ったことを喜んでいるようだ。

「乾杯の前にだ。この度、エルフの国を救ってくれた人間の英雄、フィルド殿を皆の者に紹介しよう。フィルド殿、こちらまで来てくれないか」

「は、はい」

俺はエルフ王のもとへ向かう。

「フィルド殿、この度はよくぞ、我がエルフの国を滅びの危機より救ってくれたな。貴公の活躍ぶりは聞いておる。フィルド殿のおかげで我々エルフの国は救われたのだ」

「え、ええ……まあ、恐縮です」

「それではフィルド殿、まずはエルフの国を救った褒美を与えよう」

「褒美ですか？……」

はあ、なにかな。金銀財宝とかかな。金にはそんなに関心ないんだが、あるに越したことはないし。でも持ち運びすることを考えると、あまりかさばるものは欲しくない。

しかしエルフ王から出てきた言葉は俺の予想を裏切るものだった。

「フィルド殿、貴殿にエルフの国の王位継承権を授ける！」

「な、なに言ってるんですか!!　おーいけーしょーけん!!」

それはなんだ。俺にエルフの国の国王になれって言っているのか。人間である俺が。

「ああ。貴殿には私の後を継ぎ、是非このエルフの国を率いてほしい。どうやらルナシスとイルミナは貴殿に好意を抱いているようだ。どちらかを娶り、ゆくゆくは引退したわしの後を継いではくれぬか？」

「で、でも！」

「「お父様!!」」

ルナシスとイルミナが乱入してくる。

「んっ？　なんだ!?」

「フィルド様の妻になるのは私です!!」

「い、いいえ!!　お姉様!!　私です!!　最初にフィルド様に妻にしてほしいとお願いしたのは、私ですから!!」

「こら!!　風呂場の喧嘩を蒸し返すな」

「風呂場だと!!　フィルド殿……ルナシスとイルミナと入浴を共にしたのか？」

「うっ!!　し、しまった!!」

墓穴を掘った。

「年頃の娘と入浴を共にするとは……これはもうフィルド殿には責任を取ってもらわなければなぁ」

エルフ王はにやりと笑った。

「そ、そうですそうです!!　フィルド様には私たちの裸を見た責任を取ってもらいたいです!!」

「フィルド様!!　責任取ってくださいね!!」

「ふ、ふざけるなっ！　お前たちが頼んでもいないのに勝手に裸で入ってきたんだろうが!!」

俺は嘆き、叫んだ。

「致し方ない。二人とも譲る気はないようだ。よろしければフィルド殿、ルナシスとイルミナ、二人の娘を貰ってはくれぬか？　二人を妻とし、我が国の国王として民を率いてくれ」

「「よろしくお願いします、フィルド様」」

「ちょ、ちょっと!!　なんなんですか!!　これは」

「娘たちが幸せそうで、お母さん、嬉しいわ……」

王妃は涙を流していた。くっ、国王は俺を囲い込もうとしているんだ。俺がいれば何かあっても、例えばエルフの国が侵略されても安泰だから。そういう理由もあるのだろう。

どこが褒美だ。自由でありたい俺からすれば縛られるのは罰ゲームだ。

「それでは、フィルド殿のお気持ちが変わらぬうちに、三人の式を挙げようか。盛大な結婚式を!!」

「「はい!!　お父様!!　よろしくお願いします!!」」

二人は頭を下げている。

「娘たちの晴れ姿が見れて、お母さん嬉しいわ。幸せよ」

王妃はハンカチで涙を拭う。

「式はそうだな。一週間後にしようか。それまではフィルド殿は国賓として扱おう。我がエルフ城で存分にくつろいでくれ」

「お、俺はその……」

だ、だめだ、とても断れるような流れではない。このままでは押し切られる。

「さあ、ではフィルド殿への褒美も渡したことであるし、皆の者、杯を持て」

「はい、フィルド様」

グラスを渡される。赤い飲み物だ。赤ワインのようだ。今更未成年だし、とかいうつもりもない。国によってルールは異なるし。18歳の俺でも成人扱いして、酒を飲める国は多く存在していた。

「あ、ああ」

俺はグラスを受け取る。皆、グラスを持った。

「それではエルフの国の危機が去ったことを祝し、また英雄フィルド殿の活躍を讃え、杯を鳴らそうではないか!!　乾杯!!」

「「「乾杯!!」」」

軽快な音が鳴った。グラスの打ち鳴らされる音だ。こうして祝いのパーティーが開かれたのである。

◇

宴会(パーティー)が始まった。これからは所謂(いわゆる)社交界の夜会のようなものだ。

特別プログラムなどは用意されていない。基本的に自由に飲食して良い時間ではあるが、俺に限ればそうはいかないらしい。

突如、着飾った少女たちが俺のもとに詰めかけてきた。どうやらこの場にいるのは王族か、基本的に貴族らしい。つまり彼女たちはエルフの貴族の娘ということになるであろう。

「あれがフィルド様なの!?」

「きゃあ――――フィルド様よ!!　英雄フィルド様!!」

「な、なんなんだ?」

食べ物を口にしている暇などない。瞬(また)く間に俺は大量のエルフ少女に取り囲まれていた。

「英雄フィルド様、少しお話をよろしいでしょうか?」

「お、お話?　どんな?」

「この度、どのようにしてエルフの国をお救いになったのか、武勇伝をお聞かせ頂きたいのです」

「ぶ、武勇伝?」

「はい!!　エルフの騎士団を連れて北へ向かわれたのは聞き及んでいます。何でも大きなモンスターを倒されたのだとか」

「ま、まあ。それは間違いないが」

「どのように倒されたのですか!?　ご本人から直接お話を伺ってみたくて」

「まあ、何て言うか、普通に」

「普通にですか!?　そんなモンスターを普通に倒せるのですか?」

何て説明すればいいのだ。克明に話をすればいいのか。

「北の平原にたどり着いた俺たちの前に、恐竜種の中でもとりわけ大きなモンスターが現れたんだ」

「恐竜種?　それはどのようなモンスターなのですか?」

「ドラゴンはわかるだろ?　あれと違って空を飛べないし、火も吹かないけど、とりわけバカでかい、ドラゴンみたいなモンスターだ」

「まあ、そんなモンスターをお一人で倒されたのですか!?」

「一人じゃない。皆の協力があってこそだ」

「でもフィルド様のお力がなければそのモンスターを倒すことはできていないのでしょう?」

「そこは流石に否定できないかな」

確かにルナシスはともかく、騎士団長含めエルフ騎士団は何の戦力にもなってなかった。逃げ惑っていただけだ。だが経験値の取得から考えると別にそれでも一向に構わなかった。

その場にいてくれただけで助かったのは事実だ。俺のポイントギフターの経験値を10倍にする効果からしてパーティーの参加人数は多い程好ましいからだ。

彼らの存在には十分に意味があった。だが戦力として意味があったかというと首を傾げるよりほかないというだけだ。

「そんな強大なモンスターを倒されるなんて、フィルド様はお強いのですね」

「そう言ってもらえると嬉しいよ」

俺は苦笑しつつ答える。

「凄いですわ。私、強い殿方って、大変好みなんですの」

「お、俺は人間だぞ。何言ってるんだ？」

「種族など関係ありません。強い殿方はどの種族であろうと、女として心惹かれるものなのです」

「そうか？」

「そうです！　あーあ。フィルド様、素敵だから、ルナシス様とイルミナ様とご結婚なさらないのでしたら、私、すぐに花嫁に立候補したのに」

「わ、私もですわ。でも流石に私でもルナシス様とイルミナ様がライバルでは分が悪いですわ。だってお二人ともエルフの姫君であり、とても素敵な女性ですもの」

「フィルド様!!　三番目でいいんですっ！　私も妻にしていただけないでしょうか!?」

一人のエルフ少女が立候補してくる。

「ず、ずるいっ！　じゃあ、四番目!!　私は四番目でいいんですっ!!」

「わ、私も五番目でいいんでっ！」

「私は六番っ！」

「おいおい……ちょっと待ってくれよ。そんなに来られたって俺困るよ」

こんな怒濤の如く迫られると気後れするな。それにルナシスとイルミナには悪いし、国王にも王妃にも悪いのだが、別に俺はこのエルフの国に留まるつもりはないのだ。ルナシスとイルミナとも結婚する気はない。王になるつもりなんてさらさらないのだ。

俺は溜息を吐いた。

「何をやっているのだ？　ミレーヌ」

「お父様」

そこにタキシードを着た中年エルフがやってくる。間違いない。甲冑は着ていないが、エルフの騎士団長だ。っていうか、この娘たちの中に騎士団長の娘がいたのか。

やっぱり騎士団長も貴族の血筋か何かなのか。実績だけではなれない、貴族でしかなれない役職なのやもしれぬ。

「フィルド様に求婚していたところです」

「なんだと！」

怒ったのだろうか？

「それは素晴らしい!!　相手は次期国王になられるお方だ!!　これで我が家は安泰だ」

俺はずっこけそうになる。

「フィルド殿!!　娘、ミレーヌをよろしくお願いします」

「は、はあ」

よろしくと言われても困るんだがな。

潮時（しおどき）だな。今日の晩にエルフの国を出よう。挨拶（あいさつ）も何もせずここを去るのは礼を欠いているかもしれないが致し方ない。

なぜなら、このまま俺がエルフの国にいたらルナシスとイルミナと強引に結婚させられることだろう。

エルフの国に留まらせるために。

だがそれは俺が最も嫌っているところである自由の束縛（そくばく）である。自分の本心と矛盾している。

それは俺にとって好ましいことではなかった。

だから俺はこの日の夜に、エルフの国を出て行こうと心に決めた。

ルナシスとイルミナにもなにも告げず、忽然（こつぜん）と姿を消すことにしよう。手紙くらいは置いていってもいいか。

気づいた時は蛻（もぬけ）の殻（から）という寸法だ。俺は今晩、エルフの国を後にすることにした。

◇

真夜中とも早朝ともいえぬ時間帯。

俺は置き手紙ひとつ残し、エルフ城を旅立った。

「はぁ……はぁ……はぁ」

ところが、エルフ城を出て霧の迷宮に差しかかろうとした時、俺は思いがけない人物たちに遭遇することとなる。

「お、お前たちは……」

「フィルド様、どこへ向かおうとしているのですか？」

「そうですそうです。私たちに何の断りもなく」

ルナシスとイルミナだった。二人とも準備は万端（ばんたん）だった。ルナシスは腰に剣を携（たずさ）えているし。

イルミナはやはり魔力が高いからか、魔術師系（キャスター）の装備をしていた。

ローブにスタッフを装備している。

「お、お前ら、どうして……」

「フィルド様の性格なんて、私にはお見通しです。私たちとの結婚、つまりはエルフの国に縛りつけられることを嫌うフィルド様は一刻も早く出て行こうとするはず」

「ですから私たちはいち早く、国の出入り口でフィルド様を待っていればいいのです」

「どうするんだ？　俺を止めるつもりか？」

「いえ、そんなことはしません」

「ついてくるつもりか？」

「はい！　勿論、そのつもりです！」

ルナシスは笑顔で答える。

「どうしてついてくる？」

「それは勿論、フィルド様と一緒にいたいからです」

「私も同じ気持ちです」

「ついてくるなと言ったら？」

「それでもついていきます!!」

「私もです!!」

全く、やはり姉妹だ。根っこの性格がよく似ていやがる。まあいい。

「好きにしろ……ちょうど霧の迷宮を抜けるにはどうすればいいか悩んでいたところだ」

「わかりました。道案内でもなんでも致します」

「私、外の世界って生まれて初めて行くんです!!　どんなものがあるのか、どんな人たちがいるのか、楽しみです!!」

「けどな、お前たち、エルフの耳は目立つぞ。外の世界にはエルフは基本的にいないのだから」

「それなら簡単です。イルミナ、魔道具をつけますよ」

「はい。お姉様」

二人はイヤリングをつける。視覚を誤魔化すイヤリングだ。外の世界にいた時にルナシスが身に着けていたもの。

尖った耳が人間のような、普通の耳になる。

「これで問題ありません!!」

「そうか……まあ、別にどうでもいい。ついてくるなら勝手にしろ」

「はい!!　勝手にします!!」

「ったく……」

一人で気ままな冒険ライフの予定が、大分狂ってしまった。

「フィルド様……どこに行かれるんですか?」

「特に何も決まってはいない。逆にお前たちはどこか行きたいところとかあるのか?」

「私は人間の世界を見てみたいです!」

イルミナが主張してくる。

「人間の世界!?」

「はい!!　私はずっとエルフの国で生活をしていて、人間の世界を見たことがなかったのですから。フィルド様がどんなところで生活していたのか、気になるんです!!」

「そうか……まあ、じゃあ人間の国へ向かうか」

王都アルテアに戻るか。次の目的地をどこにするか、そこでしばらく考えることとしよう。

「わーい！　楽しみです!!」

イルミナは目を輝かせる。きっとずっとエルフの国にいたのだから全てが新鮮で輝いて見えるに違いない。

「それじゃあ、向かうか。王都アルテアに」

「「はーい!!」」

こうして俺は否応なく、ルナシスとイルミナと行動を共にさせられる。一人は寂しいが気楽だ。だが誰かといると寂しくはないが、煩わしい。

何事も適度な距離感が必要である。人間とは何とも面倒くさい生き物ではある。

だが、それを差し置いて、俺は一人でいたいのになぁ。そう思っていた。

俺たちは霧の迷宮を通り抜け、深緑の森を抜けて、そして王都アルテアへと向かった。

しかし俺たちは——特に俺にとっては思いがけない人物と、その後遭遇することになるのである。

第三章 【クロードとの思いもせぬ再会】

「るんるん♪」

「な、なんでそんなに楽しそうなんだ、ルナシス」

「そんなの簡単です。想い人と一緒にいられるだけで、女の子は嬉しいものなのです」

「女の子って……エルフだから結構年いってるんじゃないか？」

エルフだし俺の数倍年上だったりするのかもしれない。

「ひ、ひどいですっ！　フィルド様っ！　淑女に年齢のことを言いますか？」

「わ、悪い。地雷だったか」

知らない方がいいこともあるだろう。

「変に長く生きていると思われて、フィルド様に妹のように思われなくなったら、私嫌です」

「そうか……」

やっぱり結構俺より年上なのか。見た目が年下にしか見えないというだけで。その点には触れないでおこう。

王都アルテアへと向かう道中のことだった。俺たちは思いがけない人物と再会する。

「おいおい……フィルド、随分と幸せそうにしてるじゃねぇか。なあ、おい」

一人の男が現れる。黒髪をした嫌味な男。忘れるはずもない。俺がかつて勤めていたギルド『栄光の光』のギルドオーナー、クロードだ。

「これがあのフィルドか。とてもそうは思えねぇな。隣にいるのは剣聖ルナシス様だし、もう一人は誰だ!? 随分べっぴんさんじゃねぇか! ルナシス様の妹か? よく似てやがるぜ」

クロードにとって二人がエルフだということは知らない情報だ。普通の人間にしか見えていないことだろう。

「……クロード。どうしてお前が」

「あの童貞くさかったフィルドがこんなにモテるとは思ってもみなかったぜ。なぁ、聞いてもいいか? どんくらいヤった? 気持ちよかったか? 聞くまでもないか。さぞ気持ちよかっただろうな。そんな綺麗な女、好き放題にできるんだからよ。クックック」

クロードは壊れたような、不気味な笑みを浮かべる。

「気持ちよすぎて、俺のことなんてすっかり忘れちまってたんだろうなぁ。俺なんて眼中になくなっちまってよ。レナードだけじゃねぇ、フィルドだってそうだ。そうだろ? なぁ、おい」

「お、お知り合いの方ですか」

イルミナが怯える。クロードの様子は普通ではなかった。

「昔の知り合いだ。何の用だ、クロード。『栄光の光』はどうした？」

「ああ。『栄光の光』なら解体されてなくなったよ」

「……そうか。他の役員たちは？」

「あいつらならいなくなった」

『いなくなった』

　俺はその言葉に含みがあるように感じた。

「そうか……いなくなったのか。それでクロード、俺に何か用か？」

「用ならあるぜ、俺にはたんまりとな。ぐっはっはっはっはっは!!」

　クロードは壊れたように笑う。

「これからてめぇにするのはただの逆恨(さかうら)みだよ!!　逆恨み!!　許せねぇんだよ!!　俺が不幸のどん底に落ちているのに、フィルド、なんでてめぇが良い女連れて、充実した人生歩んでるんだよ!!　クックックッ!!　アッハッハッハッハッハ!!」

　壊れたようにクロードは笑う。

「あの雑魚(ざこ)ポイントギフターのフィルドが幸せそうで、なんで俺が虫ケラみてぇに地を這(は)わなきゃいけねぇんだ。こんなのおかしいだろ？　そうは思わねぇか？」

「……フィルド様」

「大丈夫だ。あいつはもうかつてほどの脅威(きょうい)ではない」

それは前に闘った時に証明済みだ。それでもまだ向かってくるというのか。

「へへへっ!! 死にやがれっ!! フィルド!!」

クロードは突如、数本のナイフを投げつけてきた。毒でも塗ってあるのだろう。

「エアシールド!!」

イルミナが魔法を発動する。風の護りがナイフを落とした。

「はあああああああああああああああああああああああああ！」

間髪入れずにクロードが斬りかかってくる。ダガーを突き刺そうとしてきた。だが、俊敏さがあまりに足りなかった。動きが遅すぎる。

「はあっ！」

「げふっ！」

ルナシスに蹴られ、クロードは地面に転がった。

「フィルド様を害する者を私は何人たりとも許しません」

「がはっ……げほっ、ごほっ」

腹を痛烈に蹴られ、クロードは悶絶していた。

「フィルド様、いかがされますか？　この男。よろしければ私が――」

俺はルナシスの言葉を遮る。

「よせ、ルナシス。お前が手を汚す程の価値がこの男にはない」

「へへっ……どうした？　殺さないのか？　俺みたいな雑魚、殺すまでもねぇっていうのか？」

「行くぞ……どうせこの男には何もできはしない」

「『はい』」

俺はクロードを無視して、王都アルテアへ向かっていく。

「許せねぇ！　あのレナードと同じでまた俺を無視しやがって!!　あのフィルドの奴まで!!　許せねぇ!!　殺してやる!!　ぜってぇにぶっ殺してやるからなっ!!　くっはっはっはっはっはっはっはっはっはっはっは！」

クロードは壊れたように笑い続けていた。

◇

俺たちは王都アルテアに着いた。

「わー!!　すごいたくさん人がいます!!」

イルミナは感嘆した様子で叫ぶ。俺は気を取り直した。

クロードのことも役員のことも、そして『栄光の光』のことも全ては自業自得だ。俺は忠告したはずだ。俺がいなくなったらどうなるか。

それを聞かなかったのだから自分たちの責任といえよう。だから俺が心を痛める必要は全くないはずだ。

「フィルド様とお姉様はこんなに大勢の人が行き交う国で暮らしていたのですか!!」

「まあな」

「ええ、そうです。イルミナ」

「私の知らないことが世界にはいっぱいあったのですね。これもフィルド様が私の命をお救いくださったおかげです。ありがとうございます」

「お、大げさだよ、イルミナ。大体、こんな人混みくらいで驚いていたら、これからの生活は驚きっぱなしだよ」

まあ、それも楽しくて良いのかもしれない。俺たちにとっては当たり前のことでもイルミナにとっては新鮮に感じられるのだろう。

「とりあえず、適当に市場でも見て回るか」

「「はい！」」

二人は答える。

◇

俺たちは何となく、武器屋に入った。武器だけではなく、防具も扱っている店だ。

「へい。らっしゃい、らっしゃい。見ていってよ、お兄さん、お姉さんたち」

「フィルド様、いかがされたのですか？」

「そうだな。そろそろなんか防御も強化したいと思ってな」

「防御ですか？」

「ああ」

　まあ、俺のレベルだとそんなに必要性ないかもしれないけど。聖剣エクスカリバーで思い知ったんだが、武器や防具は装備を変更するだけで強くなれるから、即席的で便利なんだよな。

「けど、ここの装備、なんか変わっているな」

「へへっ。そこのお兄さん、目が高いぜ。なんたってここの武器や防具、輸入品だからな」

「輸入品⁉」

「人間の鍛冶師が打った武具もあるけど、結構な割合でドワーフ国から輸入してきた武具なんだ。雰囲気が少し違うだろ」

「ええ、まあ、何となく」

　見た目はそんなに違わないのだが、オーラが違った。感覚的な問題でしかないが、感じるのだ、その武具を見た瞬間。エクスカリバーを所有していることによる効果かもしれない。

「ドワーフ国から輸入してきた武具は人間の武具とは何が違うんですか？」

「主にはその効果だな」

「効果ですか……へー」

「ああ。奴（やつ）らは生粋（きっすい）の鍛冶師だ。作る武具には特殊効果（エンチャント）が付与されていることが多い。伝説の武具なんかも、言い伝えではドワーフ族が作ったものだとされているんだ。だからその子孫であるドワーフの作った武具は、人間のものとは一味違うのさ」

「へー、ドワーフ国かー」

次の目的地に、ドワーフ国なんてどうだろうか。伝説の武具を作ったとされる、鍛冶師としての特性を持つ種族の国だ。

次の目的地として申し分ない。

「ふっふっふ」

ルナシスが笑みを浮かべる。

「な、なんだよ。ルナシス、急に笑って」

「知っていますか？　エルフの国とドワーフ国は仲がいいんですよ」

「へー」

「ましてやドワーフ国もエルフの王女が二人もいるとなればきっと、温かく迎えざるを得ないかと思いますわ」

イルミナも言ってくる。

「フィルド様――」

「ドワーフ国に行ってみたいですか？」

「うっ、行ってみたいが」

自分の心積りでは次の目的地はドワーフ国に決まっていたくらいだ。

「では、私たちもご一緒させてはいただけないでしょうか？」

「きっとフィルド様のお役に立てると思うんです」

「はぁ～」

俺は溜息（ためいき）を吐いた。

「わかった。ドワーフ国に行くまでだぞ」

「はい！　わかっております！」

「フィルド様と今後も行動を共にできること、とても幸福に思っております」

「だから、ドワーフ国までだと言っているだろうが」

俺の旅はソロライフなのだから。

「とりあえず一週間くらいは王都アルテアに滞在しよう。それでしばらくしたら、ドワーフ国へ向けて出発しよう」

「「はい！」」

「お優しいんですね。フィルド様、なんだかんだ言って」

ルナシスが含みのある笑みを浮かべる。

「ん？　なんでだ？」

「ずっと閉じこもっていたイルミナに人間の世界をしばらく見せたいのですよね？」

「ば、馬鹿を言うなっ！　そんなわけあるかっ！　エルフの国で疲れたし、俺も少しばかり休憩したいだけだ！」

「ふーん。そうですか。そういうことにしておきます。うっふっふ」

「くっ」

なんだか、見透かされているような笑みだな。

そして俺たちは王都アルテアにしばらくいた後、ドワーフ国を目指して、出発することとなった。

◇【追放者サイド】

クロードはある場所に来ていた。そこは人のいない、廃墟のような場所である。

「いやいや。どうもアル。『栄光の光』のクロードギルド長」

小太りでサングラスをかけた中年男が小走りでやってきた。

「ああ。この度は御足労ありがとうな」

「いえいえ、古くからのお付き合いでアル。気にするでないアル」

クロードには『栄光の光』として得ていたものの殆どを失ったが、それでも残っていたものがひとつだけあった。

それが人脈である。『栄光の光』でギルド長をしていた時の人脈だけはまだ残っていたのである。

この中年男は商人ではあるが、ただの商人ではない。彼は召喚石に特化した、召喚石商人という、専門商人であったのだ。

「それで約束のものは持ってきてくれたか？」

「ええ、勿論アルよ」

召喚石商人は召喚石を取り出す。真っ黒な召喚石だ。邪悪な光を秘めている。溢れ出るそのオーラから、それがただの召喚石でないことは直観的に理解することができた。

その召喚石は災厄の竜といわれる暗黒竜をうちに秘めた召喚石だ。

「こいつはうちらが扱っている召喚石でも規格外の一品アルよ。その力は神にも魔王にも匹敵するといわれている最悪の竜アルね」

暗黒竜の召喚石はいわば非合法の召喚石である。あまりに危険すぎるので、禁忌指定がされている。

そういったアンダーグラウンドな商品の取引のため、二人は人のいない、廃墟のような場所で面会しているのだ。

「そうか。そいつは結構だ。こいつが約束していた金だ」

「おっと、ありがとうアルね」

クロードは召喚石商人に小包を投げ渡す。

「ん？　何、アルか⁉　これは⁉」

小包に入っていたのは光り輝く金貨ではない。安物の銅貨である。

「はああああああああああああああああああああああああ！」

クロードは走りながらダガーを繰り出す。

「ぶぼおっ！」

召喚石商人の胸に、ダガーが突き刺さる。

「そ、そんな馬鹿な……こんなことがあっていいわけがないアル」

ドサッ。召喚石商人は地面に崩(くず)れ落ちた。血が水たまりを作る。

「フィルドよ。確かにお前は俺たちの経験値を元に戻すことで最強になったかもしれねぇ!!

それで経験値を失った俺は最弱になったのかもしれねぇ!!　クックックッ!!」

クロードは笑う。

「けどよ、別にお前を殺すのが、俺じゃなきゃいけない決まりはないよな。俺はお前が死んでくれればなんでもいいんだから。くっくっくっくあっはっはっはっはっはっは！」

クロードの哄笑(こうしょう)が廃墟に響いた。

暗黒竜（バハムート）が封じ込められた召喚石が黒く、怪（あや）しく光る。

◇【フィルド視点】

俺たちが王都を散策（さんさく）していた時のことだった。

何となくだが、王都が慌（あわ）ただしい。警備兵団という、治安維持（ちあんいじ）組織の人間が王都を歩き回っていた。

「すみません」

警備兵が俺らに声をかけてくる。

「はい？　どうかしましたか？」

「はい。この男を見なかったでしょうか？」

「この男……」

警備兵は俺にチラシを渡してきた。そのチラシにある写真の男を見て、俺は驚きのあまり絶句した。

「……クロード!!」

そう、チラシの人物はクロードだったのだ。指名手配犯と書いてある。

「何か知っているのですか？」

顔色を変えて警備兵が俺に事情を訊いてくる。

「え、ええ。前に勤めていたギルドのオーナーだったんです」

「では、あなたも『栄光の光』に」

「はい、そうです。それで、クロードギルド長がどうかされたのですか？」

「はい。実はクロードは今、殺人容疑で指名手配されているんです」

「な、なんですって!?　殺人容疑!?」

俺は驚いた。確かに嫌味な奴だとは思っていたが、まさか殺人まで犯すとは思っていなかった。確かにこの前会った時のクロードは様子がおかしかった。どこか壊れた様子で危なっかしかった。

「殺人容疑ですか!?　詳しく教えてもらえませんか？」

「はい。まだわかっていないことも多いですが、恐らくはギルドの中でもめごとがあったのでしょう。ギルド『栄光の光』の解体処分が決定したのですが、その際に役員同士で話し合いがあり、それでもめて、クロードギルド長が他の三名を殺害したのだと推測されています」

「そんなことがあったのか……」

俺はまたしても驚きのあまり絶句する。俺がギルドを出て行ったことが最終的にギルドの解体へと発展し、人の人生を大きく変えていったことに驚きを隠せない。

まさか、トップギルド『栄光の光』のギルド長から殺人犯にまで成り下がるとは、誰が予測し得ただろうか。

「俺が『栄光の光』からいなくなったことで、こんなに影響が出ていたなんて」

「フィルド様、ご自分を責めないようにしてください」

　ルナシスが俺を気遣ってきた。

「わかってる、別に俺の責任でないことくらい。俺をクビにしたのは役員連中の方だ。俺がそれでいいのかって念を押して聞いたのに、連中は俺がクビを逃れたいための言い訳だって」

「わかっております。ですからフィルド様のせいだとは誰も考えていません。どう考えてもあのクロードとかいう男の自業自得ではありませんか」

「フィルド様とあの男の人との間で何かトラブルがあったのですか？」

　事情をあまり知らないイルミナが聞いてくる。何となくイルミナもその殺人犯の男が、先日俺を襲ってきた人間の男なのだと察しがついているようだ。

「ああ。ギルド長だったんだ、かつて俺が働いていた『栄光の光』の」

「そうなのですか。それがなぜ殺人なんて。仲間をなぜ殺さなければならないのですか？　ましてやフィルド様の命を狙うなんて。ひどい人です」

「やっぱり、あの時にあの男こ――」

　ルナシスは表情を歪めた。

「やめろ、ルナシス」

「で、ですが、フィルド様」

「お前のせいではない。さっき自分を責めるなって言っただろ。お前の責任じゃない。それにどちらにせよ、あの時既に役員三人はクロードに殺害されていたんだ」

あの時の『いなくなった』という言葉に俺は違和感を感じていたが、そういうことか。

単に離れ離れになったような感じではなかった。この世からいなくなったような。あの時は確信が持てなかったが、今それがはっきりした。

「わかりました。申し訳ありません、フィルド様」

「謝ることでもない」

「皆さんはこのクロード容疑者に会ったのですか？」

「はい。先日、森の中で会いました」

「そうなのですか、それで容疑者はどこに？」

「わかりません。その後別れましたので。その時はクロードが殺人を犯していると知らずに見逃してしまいました」

あの時拘束して警備兵に突き出すべきだったか。LVが低く、特別脅威ともなりえないと思っていたから油断していた。

「そうですか。もしクロード容疑者を見かけた場合、是非警備兵団に連絡ください」

「はい。わかりました」

「では、我々は引き続き容疑者の捜索を行いますので」

警備兵はそう告げて、捜索に戻った。

「いかがされるのですか？　フィルド様」

「クロードのあの様子、かなり異常だった。ヤバかった。ギルドが崩壊したのを俺のせいだと思って、逆恨みしているらしい」

「そんな、ひどいです!!　自分でフィルド様を追い出しておいて、失敗の原因をフィルド様のせいにするのですか!!　そんなのあんまりです!!」

ルナシスは怒っていた。

「いるんだよ、そういう人間が。自分の責任は棚上げして、全部他人に押しつけるような人間が。自分が成長しなくて、割を食っているだけならまだいいけど、それが他人に対する凶行に結びついてしまうようじゃ、人として最悪だ」

あってはならないことだ。どんな理由があろうが。ましてやろくでもない理由で人を殺めるようなことは。

あってはならないことではあるが、現実問題としてそういう事件は多発していた。

理不尽である。不条理である。だがそれが現実でもあるのだ。

「いかがされるのですか？　フィルド様」

「クロードのことか？」

「はい。そうです」

「放っておけばいいんですか？」

「捜索は警備兵の仕事で、俺の仕事ではないっていうのもある。それになにより、俺のカンが言っているんだ。あいつ、クロードは再び俺の前に現れると」

「しょ、正気ですか!! 私、あの人と実際戦ったのですが、全く強くありませんでしたよ。ものすっごく弱かったです」

「私もあの人、強くは見えませんでした。とてもフィルド様の相手になるようなお方ではないと思います。私でもお姉様でも、問題なく迎撃できます」

「あんな実力で再びフィルド様の前に立つのは、はっきり言って自殺行為ですよ」

「そうです!! そうです!! 冗談抜きで蟻がゾウに挑むようなものです!! 神に反逆するかのごとき冒瀆です!!」

「俺を持ち上げるのはよせ……と言いたいところだけど、クロードの奴、マジで弱かったからな。あれで俺をどうやって殺そうっていうんだ」

「わかりません。全く」

「想像すらつきません」

「ともかく、奴とて馬鹿ではない。ギルドオーナーだった男だ。頭が回る。次、俺の前に現れた時は勝機があってのことだろう」

「現れますかね？」

「現れないで逃げ延びている可能性の方が高そうです」

「あいつの俺に対する執着は異常だった。だから俺の前に現れる可能性は十分ある。俺に対する勝機さえ見いだせれば」

「その勝機が見いだせないのが問題なんですよ」

「本当です」

二人は溜息を吐いた。無理難題である。クロードが俺に勝つ。それは殆ど不可能に近い出来事だ。ＬＶもステータスも段違いだ。子供と大人なんて可愛い表現では不適切だ。

これはネズミとドラゴンの闘いだ。誇張した表現ではなく、実際そうなのである。

俺とクロードにはそれほどの力の開きがあった。

「ともかく放っておけば現れる可能性はある。それに捜索は警備兵の仕事だ。気にはなるが俺たちがちょっかいを出す理由にはならない」

「それもそうですね」

「それじゃあ気を取り直して王都を散策するか」

「「はい!!」」

俺たちは三人で王都の散策を開始する。しかし、予想に反して意外と早く、クロードは俺の目の前に姿を現すこととなる。

俺たちは王都を散策していた。その道中でのことだった。

「ん？　……君は」

「レナードさん、どうかしたんですか？　んっ、こいつは」

「け、剣聖ルナシス様じゃないですかっ!!」

俺たちは冒険者風の男たちと遭遇した。その中央の男は見たことがあった。銀髪の美青年だ。

あまりに綺麗な顔立ちゆえに女性といわれても違和感がない。

レナード・レオナール。ギルド『白銀の刃』のギルドオーナー。見た目はご覧の通り美青年。

しかしその実力は本物、聖騎士としての実力は世界屈指であり、知略と策謀に長け、そしてカリスマ性故に彼を崇拝しているギルド員は多い。

そういう話を聞いていた。剣聖ルナシスと並んでこの界隈の有名人である。だから俺もよく目にしていたし、耳にしていた。

その上、『白銀の刃』はトップギルドとなった『栄光の光』のライバルギルドだったのだ。

『栄光の光』に所属していた俺はよく、『白銀の刃』の活躍や脅威は耳にしていたし。そして当然、ギルドの顔であるギルドオーナー、レナードに注目が集まっていた。

だが、それは俺から見た相手の話だ。相手から見てこちらがどう映っていたかはわからない。というよりはポイントギフターとして、あまり前線に出ていなかった俺のことをレナードが認識していたか、それすら疑問だ。

前線で闘うクロードやドロシー、それからボブソンの方が目立つし、視線が集まるのも必然だった。

「彼女のことではない。確かに隣にいる剣聖ルナシス様は驚異的な剣の技量を持っている。それは疑いようもない。隣にいる魔導士の少女――ルナシス様の妹君か。彼女だってそうだ。だが、僕は何よりも真ん中にいるフィルド君から強い気を感じている」

「フィルドって、あのポイントギフターの!?」

「後ろにいて、闘いもしない奴だったじゃねぇですか。存在感の欠片もない」

「わからない。だが、彼から強い気を感じているのは確かだ。もしかしたらクロードたちが弱くなったことと関係があるのかもしれない」

流石は聡明なレナードだ。物事の核心を突いてきた。

「俺のことを知っていたんですか？　レナードさん」

「ああ。気になっていたライバルのことはつぶさにチェックしていたよ。そして僕が考えるに『栄光の光』が急成長できた理由はポイントギフターである君の存在にあるのではないか、そう考えていたんだよ」

流石だった。『白銀の刃』ギルドオーナーレナード。『栄光の光』が落ちぶれ、なくなった今『白銀の刃』は紛れもなく国内トップのギルドである。そのトップギルドを率いるレナード。

俺のポイントギフターとしての能力に甘えていたクロードなんかとは違って、レナードの実力は本物だった。その眼力には感服せざるを得ない。

「あの『白銀の刃』のギルドオーナーであるレナード様にお世辞を言って頂けるとは思ってもみなかった」

「お世辞？　お世辞なものか。僕は真実を見抜いているだけだよ」

「ありがとうございます。それで俺に何か用ですか？」

「別に、君に用があって僕たちもここら辺を歩いていたわけじゃないけどね。けど、君に会ったからにはそうもいかないいよ」

「そうもいかない」

「時間はあるかい？　フィルド君」

「ま、まあ、ありますけど」

俺はルナシスとイルミナの方を見る。

「私は別に構わないです。フィルド様のご都合で」

「私も同じです」

「僕と勝負をしようじゃないか」

「しょ、勝負!?」

「な、なにを言っているのですか!!　レナード様!!　これから我々は他ギルドとの協議が!!」

「そんなものキャンセルだ。僕にとってこの案件の方がよっぽど重要なんだよ」

「し、しかし！」

「いいから、僕の言う通りにしろ」

「わ、わかりました」

立場上、言うことを聞くしかないギルド員は従うよりほかない。

「先方には我々だけで話を通しておきます」

「ああ。そうしてくれ」

ギルド員たちとレナードは別れる。

「さて、フィルド君、ひとつ僕と勝負といこうじゃないか？」

「しょ、勝負!?」

「ああ。勝負だ」

「なんでそんなことしなきゃならないんですか？」

いくら有名人とはいえ、殆ど初対面の人間と闘う理由なんてない。俺はそんなに戦闘狂(バトルジャンキー)ではないのだ。

「理由はひとつ。武人としての興味だ。僕の強さがどこらへんにあるのかという興味は尽きない。試してみたいんだよ、強者を相手に」

レナードは笑みを浮かべる。微笑ではあるが、あまり感情を見せない彼には珍しいものであった。

「それともうひとつ、君の強さに興味があるんだ」

「それは全部、レナードさんの都合じゃないですか」

俺は溜息交じりに言う。

「無論、それはわかっている。これは僕の我が儘だ。だからその我が儘と釣り合う対価を用意しよう」

レナードはつけているネックレスを外す。男なのにネックレスをつけていることに違和感を抱くことはなかった。

普通女々しいとか感じそうではあるが、やはり女性的美しさを持っているからだろう。

「僕に勝った場合、これをあげよう」

「なんですか？　そのネックレスは？」

「ドワーフ製のアクセサリ、破邪のネックレスだ」

「……破邪のネックレス!?」

状態異常の殆どを無効化するアクセサリだ。だが、ドワーフ製の珍しい品であり、その価格は破格である。

そうだな、大体ルナシスの持っているオリハルコンブレイドと同程度だろう。家が建つ程の金額だ。

「僕に勝てたら、これをあげよう。どうだい？　少しはやる気が出たんじゃないか？」

レナードはまた笑みを浮かべる。流石はトップギルドのオーナーだ。かなり金がある様子だった。

そんな貴重な品をぽんと差し出せるなんて。あるいは自分の実力に絶対的自信があるのか。両方ではあるだろうが。

「いいかな？　ルナシス、イルミナ、少しばかり時間を貰ってても」

俺は二人の意見を聞く。

「構いません。それにフィルド様が負けるはずがありません。たとえあの『白銀の刃』のギルドオーナーであるレナード殿が相手でもです。それに、あんな貴重なアイテムをただでくれようとしているのです。貰わないのももったいないではないですか」

「私もそう思います。フィルド様が負けるはずがありません」

「くっはっはっは！　随分と信頼されているんだね。僕が相手でもその信頼、僅かの揺らぎすら見せないじゃないか。いいよ。ますます気に入った。是非君と手合わせしてみたい」

「いいでしょう。『白銀の刃』ギルド長レナード・レオナール。あなたとの仕合お受けします」

「そうこなくっちゃな」

「どこでやるのですか？」

「この近くに広い公園がある。特別障害物もないし、人気もない公園だ。そこでやろうじゃないか」

「ええ」

俺たちは広い公園へと移動していく。

舞台をだだっ広い公園に移した俺たちは向かい合い、視線で火花を散らしていた。

「それでは、始めようか」

俺の目の前で剣を構えるのはあの『白銀の刃』のギルドオーナーであるレナードだった。

『栄光の光』が落ちぶれ、なくなったことから、紛れもない現在のトップギルドである『白銀の刃』。

そのギルドオーナーが目の前にいるのだ。

クロードたちのように俺のポイントギフターとしての能力に甘えていた偽物ではない。本物の武人が相手だった。

まさか噂に聞いていたレナードとこうやって対峙する機会が訪れようとは夢にも思っていなかった。

賭けているレア装備が欲しいから、ということではない。俺もまた純粋にレナードと闘えることに喜びを感じていた。

ギルドオーナーとしてレナードの手腕は高く評価されている。だが、それ以上に名高いのが聖騎士としての腕前だ。その強さは比肩するものがない程で人類でも最強クラスに位置している。

いわば知将であり武将、完全無欠の将。それがレナード・レオナールである。頭だけでもなく、力だけでもない。武と知の両立。

その隙のなさがレナードのギルドオーナーとしての最大の魅力であった。

頭だけでは人はついてこない。力だけでも人はついてこない。両方を兼ね備えているからこそ、ギルド員はレナードを崇拝し、ついていくのである。

俺は腰の鞘から聖剣エクスカリバーを引き抜き、溢れるばかりの聖なる気を放った。

俺の聖剣エクスカリバーを見たレナードが驚いた表情を見せる。

「ほう……聖剣エクスカリバーか」

「知っているんですか？」

「ええ。聖剣エクスカリバー、有名な聖剣だもの。今ではエルフの国に保管されていると噂で聞いたことがある。それをなぜ君が？」

「色々あって」

「色々か。まあ、話したくないこともあるだろう」

「それよりなぜ聖剣エクスカリバーのことを知っているんですか？」

「それは簡単さ。僕が聖剣エクスカリバーと同じくらいには有名な聖剣の所有者——いや、使い手だからだよ」

　レナードもまた鞘から聖剣を引き抜く。それは聖剣エクスカリバーと同程度の力に感じる、眩(まばゆ)い光を放つ剣であった。

「聖剣デュランダル。僕の相棒(あいぼう)さ」

　レナードが言う。

「聖剣デュランダル」

　聞いたことがある、レナードは聖剣の使い手であると。基本的にレナードは所謂(いわゆる)二刀流である。だがそれは二本の剣を同時に使うということではない。

　一本の剣は普通に使う時用。そしてもう一本は切り札としてとっておいてある、らしい。

　そしてその切り札は滅多(めった)には見せることはない。普通に使う時の剣もまた、それなりの名剣ではあるが、その切り札となっている剣がまさか、かの高名な『聖剣デュランダル』とは、俺も驚きを隠せなかった。

「僕は聖剣デュランダルの使い手なんだよ」

「知りませんでした……まさか、あの『白銀の刃』のレナードが聖剣デュランダルの使い手だったなんて」

切り札としている剣がある、ということは知っていたが、それが聖剣エクスカリバーと並ぶ、名高き聖剣デュランダルだとまでは知らなかった。

「切り札はあまり見せるものじゃないんだよ。だからこそ僕は剣を二本所有しているんだ」

「どうして切り札としている聖剣デュランダルを抜いたのです？」

「そんなの決まってるじゃないか。答えはひとつだけだよ、フィルド君。君にそれだけの価値があると僕は見抜いたのさ」

この男——レナード・レオナール。やはり侮れない。LVの高さに甘えていたクロードたちとは人間としての格が根本的に違う。そう感じざるを得ない。

そうか。聖剣デュランダルの使い手であれば聖剣エクスカリバーのことを知っていても不思議ではない。そういうことであった。

「それじゃあ、始めようか。そこの魔導士の女の子」

「は、はい！」

「名前はなんていうのかな？」

「イルミナです！」

「イルミナちゃんか……ルナシス様の妹君かい？」

「は、はい！　そうです！」

「君は魔導士だろう？　爆裂系の魔法か何かを使って、合図をしてくれないかい？」

「は、はい。わかりました」

　イルミナは魔法を発動させる。

「フレアボム！」

　バ――――――――ン！

　空中で爆発が起こった。音が響き渡る。

「さあ、行くよ、フィルド君」

　来る。

　クロードのような偽物ではない。本物の実力者、レナード・レオナール。世界最強クラスの聖騎士（パラディン）は最高峰の聖剣デュランダルを構えて。

　手加減の余地など微塵（みじん）もなく、全力で俺に向かってきた。

◇

「さあ、行くよ、フィルド君」

レナードは聖剣デュランダルを構える。

来る。

世界最強の聖騎士(パラディン)であるレナードが本気で俺に向かってくる。その威圧感(プレッシャー)はレベルを失ったクロードの比ではなかった。

いや、レベルを失う前、高レベルの魔法剣士として遺憾(いかん)なく力を発揮(はっき)していたクロードが相手だったとしても、一体これほどのプレッシャーを感じただろうか。

そう思わざるを得ないほど、レナードが放っている気は凄(すさ)まじかった。

これはいくら俺でも気を抜くわけにはいかない相手だった。

俺は聖剣エクスカリバーを構える。

「聖剣デュランダル。俊敏性強化(スピードバフ)！」

レナードは自身にバフをかけた。どうやら聖剣デュランダルの真価はバフ(強化)にあるらしい。バフ(強化)にも色々とあるが、大まかにいえばパーティー全体、集団に対する強化バフ、つまり全体強化バフと自分にだけかかる、単体強化バフがある。

当然、全体強化バフの方がパーティー全体に効(き)くため、便利ではあるが、単体強化バフは単体強化バフで大きなメリットがひとつあった。

対象を絞(しぼ)る分、強化量が多いのである。

消えた。通常の動体視力であればそう見えたであろう。レナードの移動速度は圧倒的な速さで、目で追うことは不可能であった。

ただでさえ身体能力の高いレナードが単体強化バフをかけると必然的にこうなる。

だが、俺はその限りではない。俺がレナードの動きを見失うことはなかった。

「デュランダル!!　筋力強化(パワーバフ)!」

振り下ろす瞬間、レナードは筋力強化(パワーバフ)を自身にかけてきた。ただでさえ、圧倒的に速い踏み込みの上に筋力強化(パワーバフ)までかけられ、その聖剣デュランダルの攻撃は凄まじい威力(いりょく)を発揮した。

「くっ!」

俺は聖剣エクスカリバーでその攻撃を受け止めた。瞬間、もの凄(すご)い、風と衝撃が発生する。

「きゃっ!」

「うっ!」

それは離れた場所にいるルナシスとイルミナが思わず怯(ひる)む程、驚異(きょうい)的なものであった。

「ふっはっは!　やるねっ!　フィルド君、本気になった僕の攻撃をまともに受け止めたのは生まれてこの方、君が初めてだよ!」

「俺もここまでの強敵に会ったことがありませんよ」

ギガレックスは脅威ではあったが、あれは単に体が大きい、力が強いというだけの脅威だ。レナードの脅威には技術の高さがある。駆け引きがある。

だから闘っていて面白(おもしろ)みを感じる。

「フィルド君、僕は君にさらなる興味を抱いたよ。一体君はどうやってそれ程強大な力を手にいれたっていうんだ？」

「言う必要性はありません」

ポイントギフターの能力は黙っておいた方がいい。ただ経験値を倍増させるだけの便利な奴だと思われていた方が楽な場合が多い。

「いいさ。続きといこうじゃないか。はああああああああああああああああっ！」

レナードの剣と俺の剣が交錯(こうさく)する。それは世界最高峰の剣技だった。

どうする。流石にこのレベル、手加減したまま抑え込むのは難しいか。

「はあああああああああああああああああああああああああああああ！」

「エクスカリバー!!」

俺は斬撃(ざんげき)の瞬間。剣を地に突き刺した。

「なにっ!?　何をするつもりだ!?　フィルド君!!」

戦場において、剣を地面に突き刺す。その愚行(ぐこう)にレナードが一瞬怯んだ。

「エクストラスキル2(セカンド)！　アヴァロン(聖障壁)」

俺はエクスカリバーの秘められた力を解き放つ。聖なる光により作り出された、絶対障壁がレナードの聖剣デュランダルを弾(はじ)き飛ばす。

「なにっ!?　う、うわあっ！」

　思わずレナードは怯んだ。

「はあああああああああああああああああああああああああああああああああああ！」

「な、なにっ!?　し、しまったっ！」

「はあっ！」

　俺はレナードの身体(からだ)を斬(き)る。聖剣エクスカリバーによる遠慮のない一撃、人間を超えたレベルから繰り出されるその一撃はたとえ世界最強の聖騎士(パラディン)である相手でもひとたまりもない。

「ぐわあああああああああああああああああああああああああああああああああ！」

　聖なる光による一撃を食らい、レナードは宙を舞った。

◇

「フィルド様！」

「やりましたねっ！　フィルド様！」

「すごいですっ！　あの『白銀の刃』のギルド長、あの聖騎士(パラディン)レナード・レオナールをいとも容易(たやす)く」

「流石私たちのフィルド様ですっ！」

　ルナシスとイルミナが駆け寄ってくる。

「やべっ」

「どうかしましたか？」

「手加減している余裕がなかった。流石に死んだか？」

「し、死んでも仕方ありませんよっ！　だってあのレナードの方から仕合をしかけてきたんですからっ！」

　ルナシスが言ってくる。

「ま、まあ。そうだな。それはあるな」

　しかし別に憎い相手ではなかった。殺して気分のいい相手ではない。だが、地に伏せたレナードが立ち上がる。

「う、嘘ですっ！　なんで起き上がれるんですかっ！」

「フィルド様の攻撃を受けて、起き上がれるなんてっ！　そんな人間いるはずがありませんっ！」

「フィルド様、手加減をされたのですか？」

「うーん。そういうわけでもない。全力だった」

「はあ、はあ……流石はフィルド君だね。僕がこうまでこっぴどくやられたのは生まれて初めてだよ」

　見るとレナードは聖剣デュランダルから力を注がれていた。その回復魔法のような力が彼の体に流れ込んでいく。

「それもまた、聖剣デュランダルの効果か？」

「そうだよ。この聖剣デュランダルは別名『不滅剣』と呼ばれていてね。使用者に不死に近い蘇生能力を授けてくれるんだ。僕は死にかけた、いや、死んだかもしれない。だけどこの聖剣デュランダルのスキル『自己蘇生』により、僕は蘇ったんだ」

「そうか」

「ちなみに自己回復スキルもあるから、僕のＨＰは段々と回復していくよ」

レナードの身体は緑色の光に包まれ、徐々に癒えていくのを感じていた。

「そうか……まだやるのか？」

自己蘇生が何回も使えるスキルとは思えない。そんな大がかりなスキルだと、大抵は使用制限のあるものだ。

完全なる不死などこの世に存在しないはずだ。不滅剣もいつかは打ち砕かれる時がくる。そのはずである。

「いや。これ以上はやらないよ。僕の負けだ」

「やった！　フィルド様の勝ちですっ！」

「流石はフィルド様ですっ！　あの『白銀の刃』のレナード・レオナールを倒してしまわれるのですから。私でも勝てるかわからない強敵をいとも容易く。流石すぎます」

ルナシスとイルミナは飛び上がって喜んでいた。

「これは僕に勝った褒賞だ。受け取ってほしい」

「ありがとうございます」

俺は破邪のネックレスを受け取る。

「そして、フィルド君。わかったことがあるんだ」

「何がですか？」

「君は我がギルド『白銀の刃』に絶対的に必要な人物だ。どうかうちに入ってはくれないか？」

「お、俺が『白銀の刃』に!?」

『白銀の刃』といえば『栄光の光』と入れ替わりトップになった、紛うことなき王国アルテアトップのギルドである。しかもそのギルド長であるレナードが直接、俺を勧誘してくるとは思ってもみなかった。

「ああ。君の力が必要なんだ。君の力があればきっとうちは世界一のギルドまで最短で駆け上がれる」

「けど」

レナードは俺の手を握ってくる。グローブをつけているので素肌が直接触れているわけではないが、何となく手に熱がこもっていることは伝わってきた。

「君に僕の右腕、いや半身になってほしいんだ。副ギルド長の地位を用意しよう。その上、僕と同じだけの権限を与える。さらには望むだけの報酬を与えよう。僕は君を『栄光の光』の連中のように無下に扱ったりしないよ」

「けど……」

「勿論、ルナシスさんやイルミナさんも手練れの実力者だ。彼女たちの力も欲しい。役員待遇で迎え入れたい。そうすれば彼女たちとも一緒にいられる」

な、何か勘違いしているだろう、レナードは。恐らくルナシスとイルミナが俺の恋人、いや、二人同時にいることから愛人か何かだと思い込んでいるに違いない。

「君たちの力があれば『白銀の刃』は世界一のギルドになれる。そして世界をよりよい形に変革していくことができる。フィルド君、何より君の力が必要なんだ」

「レナードさん……」

「どうか、考えてくれないか？　そして僕の手を取ってくれないか？　君が欲しいものは何でも渡そう。何が望みなんだ？　君は、金が必要か？　それとも名誉か？　女に不自由しているとは思えないけど、それでももっと欲しているなら――」

「俺は――」

　悪い気持ちはしなかった。かの高名な『白銀の刃』ギルドオーナーであるレナードからこうも熱心に口説かれるのは。

　悪い気分ではなかったが、それでも俺の心は既に決まっていた。俺は答えをレナードに告げようとする。

そんな時だった、俺たちの前に思いもしない人物が現れたのは。

突然のタイミングでその男は姿を現す。

その男は唐突(とうとつ)に、姿を現す。

フードを被(かぶ)った男、異様な雰囲気を放っていた。

「おいおい。俺を除(の)け者にして勝手に盛り上がってるんじゃねぇよ。おい」

声が聞こえてきた。聞き覚えのある声、しかしあまりに予想外であったことから頭の中で一致しなかった。

「お、お前は……まさか」

「う、嘘……なんで」

「馬鹿な……」

「なんだよ、そりゃ。まるで俺がくたばったみたいじゃねぇかよ。なあ、おい」

フードが下ろされる。素顔を現す。間違いない。クロードだ。偽者なんてことはない。本人であろう。

なぜ。王都で指名手配を食らっているクロードが俺たちの前に姿を現したのか。俺は理解が及ばなかった。

「なぜだ？　なぜ、クロード。俺たちの前に姿を現した？」

「ん？　何がおかしい？　何かおかしなことでもあるか？　なぜそんなことを聞いてくる？」

クロードは首を傾げる。頭でもおかしくなったのか。確かに前に会ったときも異様だったが、今の異様さは落ち着き払った異様さだ。前とは違って余裕がみられる。それが異様だった。

俺とクロードのレベル差は明白だ。前にネズミとドラゴンの差だと言っただろう。

ネズミがドラゴンを目の前にして、こうも余裕でいられるのはあまりにおかしなことであった。

「ひとつ聞いておきたい。『栄光の光』の役員を殺害したのはお前か？」

俺は聞いたとき、おとなしく答えるわけがないと思った。しらばっくれる、そう思っていたのだ。

だが、クロードから返ってきた言葉は予想外のものであった。

「ああ、そうだ。俺だよ。俺がぶっ殺したんだよ」

「な、なぜだ？　なぜ殺した？　あいつらはお前の仲間だったはずだ」

「そりゃあもう。ギルドが解散するってことで、俺のもとから去ろうとしたからだ。だからぶっ殺した。俺についてこれねぇっていうなら用はねぇからな。くっくっく」

「そんな理由で、人を殺したのかっ！」

いくら嫌味な連中だったとはいえ、そんなむごい人生の最後を迎えてほしいとまでは思っていなかった。

そこまでのことを彼らがしたとは思えない。

「ああ、殺した。ぶっ殺したよ。間違いなく、俺がぶっ殺した。それだけの理由でぶっ殺すには十分だったんだよ。くっくっく」

余裕のある笑みを浮かべるクロード。

「疑問の一つ目は解消された。それで、最大の疑問だ。なぜ俺の目の前に現れた？」

「んーっ!?　俺が雑魚ポイントギフターのフィルドの目の前に姿を現すの、そんなにおかしなことか？」

「それは前のことだ。俺のポイントギフターの能力で、お前たちから経験値を返してもらった。結果、力関係は逆転。それどころではない、かつて以上の差ができてしまった」

「そうだな。そいつは確かにそうだ。俺はもう魔剣ウロボロスも重くて満足に扱えねぇし、魔法剣だって最下級の魔法でしか付与（エンチャント）できねぇ。レベルがいくらかは知らねぇが、多分一桁（けた）台で間違いないだろうな」

「力関係は正しく理解しているんだな」

そこらへんは前に見せつけたはずだし。そのうえ、ギルドが解体されていく上で、思い知らされる局面が幾度となくあったはずだ。

「ああ。そうだな。今の俺は弱い。そして経験値が返却されたフィルド、お前は強い。そうだな、そこにいる剣聖ルナシス様やレナードの奴より強いかもな。二人を足してやっと届くか。いや、それでも届かないいくらいかもしれねえ。くっくっく」

クロードは笑う。しかし彼我の戦闘力の差を認めたうえでなお、余裕の笑みは崩れない。

「フィルド、お前はもう人類でも最高峰に強えんだろうな。俺では足元にも及ばないくらい。つまりまともに闘った場合、俺がお前に勝てる可能性はゼロだ。限りなくどころではない、完全にゼロだ」

なぜだ。なぜそこまで冷静に、客観的に状況を把握しているにも拘わらず、俺の前に現れた。そのうえ笑みを絶やさない。

今この場にいるのは俺だけではない。剣聖ルナシス、その妹の魔導士イルミナ。さらには『白銀の刃』ギルド長、聖騎士レナードまでいる。強者揃いだ。

万が一どころではない。億が一にもクロードに勝ち目は見当たらなかった。

なのになぜ、わざわざ俺たちの前に平然と姿を現す。自殺行為もここに極まれりだ。

もはやクロードの敏捷性では俺たちから逃げることも不可能だ。だから目の前に現れたことを不審に思った。

「俺はよお。思ったんだよ。別にフィルド、てめぇを殺すのが俺じゃなくてもいいって。結果としててめぇが死ぬんなら俺はそれでいいんだ」

「誰か、いるっていうのか？　助っ人が？」

「そうだな。まあ、そういうことになるな。いるぜ、強力な助っ人が。とはいえ人じゃないから助っ人とは呼べないかもな」

クロードは笑みを浮かべる。懐から何かを取り出した。石だ。真っ黒い石。中には黒い波動が秘められていた。恐ろしいまでの魔力。

一瞬見ただけでそれが恐ろしいものであることが理解できた。

「そ、それは禁忌指定されている召喚石」

「くっくっく。よく知っているな。この召喚石はあまりに危険なため、禁忌指定されている召喚石なんだよ。世界を滅ぼしかねない、危険な化け物が閉じ込められているからな」

クロードは告げる。

「さあ、フィルド、始めようぜ。せいぜい愚かにあがいてくれよな」

「やめろっ！　俺だけじゃないっ！　そんなことをすればこの王都から多くの犠牲者が」

「もう遅いんだよ。取り返しなんてつかねぇ。だから！」

クロードは召喚石を解き放った。

「俺はなんとしてでも、てめぇだけはぶっ殺す！」

「馬鹿野郎！　やめろっ！　俺への私怨だけで、大勢の人間を巻き込むなっ！」

しかし、既に遅かった。その化け物は解き放たれた。

「出でよ！　最悪にして災厄の竜!!　暗黒竜!!　バハムート!!」

膨大な闇の光を放ち、突如天空にその竜は姿を現す。圧倒的なプレッシャーを放つ暗黒の竜。

国すら、世界すら滅ぼしかねないといわれる、最強にして最悪の竜だ。

「暗黒竜!!　あの雑魚ポイントギフター!!　フィルドの奴をぶっ殺しやがれっ!!」

天空に現れた暗黒竜に呼応するように、突如天気が曇った。まるで夜なのではないかと思う程、厚い雲で覆われ、光が届かなくなったのだ。

こうして俺たちはクロードにより召喚された暗黒竜との交戦を余儀なくされたのだ。

「なんですか……あれは」
ルナシスは大抵のことには動じない性格をしている。だが、そのルナシスをもってしても動揺を隠せていない。
それほどまでに天空に現れた漆黒の竜、竜王といわれるバハムートの存在感、威圧感は半端なものではなかったのだ。
「フィルド様……私、怖いです」

イルミナは震えていた。人目がない状態であったなら、俺にしがみついてきても不思議ではない。

超高位のモンスター、それこそ神だとか、神獣だとかいわれる格のモンスターはその存在自体が他者に状態異常を与えることがある。

俺はレナードからもらった破邪のネックレスを装備しているため、その効果を受けてはいないが。

他のパーティー（暫定だ、あくまで）メンバーの様子を見ると、少なくない影響を受けているようだ。

その効果とは『恐怖効果』だ。端的に言えば、ＬＶ以上に弱くなる、ネガティブスキルだ。自分の本来の力を発揮することができなくなる。バハムートから発せられる圧倒的なプレッシャーによって。

恐らくはルナシスやイルミナのレベルだから（彼女たちはＬＶ80〜90程度）この恐怖に耐えられているのだ。ちなみにレナードのＬＶは90以上である。

生半可な人間であるならばもはや『恐怖状態』を越えて『恐慌状態』になっていても不思議ではない。実力を発揮できないどころではない。恐怖のあまり戦闘自体を行えなくなるのだ。

「あの男っ！」

ルナシスは激しい目つきでクロードを睨む。

「やはりあの時に殺——」
「やめろルナシス」
俺はルナシスの言葉を遮る。
「今更それを言ったところで何も変わらない。それにルナシス、俺はお前にそんな物騒な台詞を言ってほしくはない」
「は、はい。わかりましたフィルド様」
「それで、フィルド様。い、いかがすればよろしいでしょうか？」
「クロードは無視だ。あいつ自体には何の戦闘能力もない。バハムートを倒した後、対処すればいいだけの問題だ」
だが、最大の問題は当然、そのバハムートを倒せるかどうか、ということである。
それが何よりもの大問題であった。俺は『解析』を発動する。
名称『バハムート』　種族『竜種』　属性　闇
ＬＶ２００　ＨＰ５０００００　ＭＰ４０００００
攻撃力：６７６５
防御力：６７００
魔力：６５７８
敏捷性：５８９０

保有スキル『竜王の威圧』。これは要するに先ほどから皆が受けている恐怖効果を発生させるものだ。『状態異常無効』スキル。『自動回復』スキル。『ダメージ無効化大（物理、魔法共）』。

「だめだ……あれは人の理を外れている。人間で、いや他の生物がどうこうできる存在ではない」

あれをモンスターだと思うことが間違いだ。あれはもう、神と呼ばれるような恐ろしい存在。人類では到達できない、遙か高みにいる化け物だ。

「そ、そんな。フィルド様ですらそうおっしゃるなんて」

「フィルド様でどうにかできないのでしたら、人間が相手にできる存在ではないということです」

ルナミスとイルミナは嘆いた。

「くっふっふ……どうだ？　手も足も出ないだろう？　このバハムートの前にはな」

クロードは悠然とこちらを見下してくる。

「このっ！　虎の威を借る狐も甚だしい！　即刻その首――」

「やめろ」

俺はルナシスを制する。

「そんな物騒な言葉を使うなって。それにクロードをどうこうしても意味などない。あいつは存在していないと思え」

「はい。フィルド様」

「やれっ。バハムート、お前の力存分に見せつけろ」

　命令して動いているのか……いや、そんなことはない。クロードにそんな力はないはずだ。高位のドラゴンを使役できるのは高位のドラゴンテイマーくらいだ。

　クロードのLVも職業もそれに適合しない。だからたまたまバハムートが動いた時にクロードがその台詞を発していたに過ぎない。

　バハムートはその巨大な口を広げた。口の中に禍々しい気が集まってくる。間違いない、ドラゴンブレスの系統だ。レッドドラゴンであったならば火を放つだろうが。バハムートのブレスはもっと強力で禍々しいものであるに違いない。

「あっ……ああっ……ああっ」

　その時だった。公園に遊びに来ていた女の子がいたのだろう。彼女はバハムートを見た瞬間、恐怖のあまり凍りついていた。

　無理もない。ルナシスやイルミナでも影響を受ける程の効果だ。女の子が恐慌状態になるのは当然のことだった。

　バハムートの口先が向かっているのは偶然にも女の子がいるあたりだった。

　まずい！

　バハムートの口より放たれるのは暗黒のブレス。ダークフレアだ。女の子は死ぬなんてものじゃない。一瞬にして存在が消滅する。

見捨てることなんてできるわけがない。

「アヴァロン(絶対聖障壁)！」

俺はエクスカリバーのEXスキルを発動させる。

バハムートから放たれたフレアと、絶対的防御力を誇る、聖なる盾(たて)アヴァロンが激しいぶつかり合いをする。

凄まじい爆発音と衝撃が響き渡る。

「ぐっ、ううっ！」

「「きゃっ！」」

それは思わずルナシスとイルミナが悲鳴をあげ、怯(ひる)むほど痛烈なものであった。

何とか俺はバハムートのフレアを防ぐ。

だがまずい。絶対聖障壁(アヴァロン)は無償(むしょう)の産物ではない。普通の使い手なら一瞬でMPが空(から)になるほど消耗(しょうもう)するのだ。

俺だから何とか5回程度使用することができるが、レナード戦で1回。さっきもう1回使った。あと3回程度しか使用できない。

恐らくイルミナの防御魔法では防ぎ切れないだろう。だからバハムートのフレアに対する防御手段がなくなってしまう。

それにエクスカリバーの切り札である『星落とし』は唯一あのバハムートに対抗しうるものになるだろう。

条件としてはHP（1は残る）とMPの全消費。つまりはMP切れの状態では各段に威力が落ちる。

『星落とし』を放ってバハムートがまだ生存していたなら、完全にアウトだ。

「レナードさん。そこの女の子を安全な場所へ」

「わかった。連れて行ったらすぐに戻ってくるよ」

「ええ……そうしてください」

正直レナードがいたからと言って、簡単に勝てる相手ではないと思うが、それでもいないよりはマシであろう。

レナードは女の子を連れて安全な地帯へ向かった。

「くっはっはっは！　なんて力だ！　これだけの力があればあのフィルドも殺し得る。ざまあみろ！　あの雑魚ポイントギフターめ。くっふっふっふっふ！　あっはっはっはっはっは！」

「ちっ。うざったい」

「見ていろ。クロード。絶対に俺はこの竜王バハムートを何とかしてやる」

唯一恐怖状態に陥っていない俺は聖剣エクスカリバーを構え、天空にいるバハムートを見据えた。

◇

王都アルテアは混乱に陥っていた。それもただの混乱ではない。大混乱である。

「なんだ？　あれは」

「で、でかい、ドラゴンだ！」

「に、逃げろ！　逃げろ！」

一般市民が逃げ惑っていた。皆混乱している。我先にと、逃げ出し、多くの人々で道が混雑していた。

パニック状態になった市民は大変危険な状態にあった。

「な、なんなんだ!!　あのバカでかい黒い竜は！」

「う、嘘だろっ！　なんであんなモンスターが王都アルテアに」

警備兵たちは天空に聳える、バハムートを見上げていた。

警備兵はもはや殺人事件を起こしたクロードの捜索どころではなくなっていた。そのクロードが巻き起こした問題なのではあるが、そんなことは警備兵たちが知る由などなかった。

突如として現れた暗黒の竜。竜王バハムートの出現により王都アルテアは大混乱に陥ることとなる。

◇

俺は構える。相手は竜種だ。竜種の特徴としては色々あるが、まず第一に飛行する種族であるということが言える。

現在も空を飛翔（ひしょう）中だ。というよりは浮遊中（ホバリング）しているのだが。バハムートは魔力的な力により空中に聳えていた。

当然、空を飛んでいるのだから厄介（やっかい）だ。バハムートは他にも厄介なところが無数に存在するが、まず第一にその点が厄介である。特にルナシスやレナードのように基本的に地上戦で闘う、純粋な戦士タイプなら余計。

攻撃が届かないのだ。

そのため魔導士タイプのイルミナの魔法が有効な攻撃手段となり得る。そう、普通に飛翔するタイプの敵であれば。

イルミナの身体から魔力が溢れ出てくる。

「ホーリーレイ！」

放たれたのは聖属性の魔法だ。眩い光の線がバハムートに襲いかかる。本来、闇属性であるバハムートにとって聖属性の魔法は有効な攻撃手段だ。

しかしホーリーレイはバハムートに当たる直前に霧散（むさん）する。

「う、嘘ですっ！　な、なんでっ！」

イルミナは驚いた。バハムートの保有しているスキルによるものだ。

イルミナは魔導士として相当な実力者だ。LV的には80〜90程度はあるだろう。だがそれでもバハムートとの間には天と地ほど開きがあった。

純粋に強さが圧倒的に違っているとしか言いようがない。

バハムートは口を開き、イルミナを狙う。フレアだ。反撃行動に出るのだろう。

「なっ!?」

放たれたフレアはイルミナに襲いかかる。

「アヴァロン！」

俺は聖剣エクスカリバーのEXスキルを使用する。聖なる光の壁がイルミナを守った。

「あ、ありがとうございます。フィルド様」

「気にするな……」

と、言いたいところだが、そうもいかなかった。今ので3回目の使用だ。俺のMPは半分以下になっている。あと2回程度しか、絶対聖障壁（アヴァロン）を使用することはできない。

「ですが、フィルド様の貴重なMPが」

「だからってイルミナに死なれるわけにもいかないだろ。せっかく救ったイルミナの命だ。失うわけにはいかない」

「フィルド様……なんとありがたいお言葉でしょうか」

イルミナは涙すら浮かべそうだった。

「それよりイルミナに頼みがある」

「頼み？　ですか」

「ああ。俺が跳ぶから、それを風魔法でフォローしてほしい」

一応、聖剣エクスカリバーは遠距離攻撃ができる。ホーリーブレイカー以外にもだ。こぼれ出る聖なる光を波として放つことができたが、直接斬った方がダメージを与えられるのは明白だった。

「わかりました」

イルミナは頷く。

「よし。行くぞ！　イルミナっ！」

「はいっ！」

「はああああああああああああああああああああああああああ！」

俺は跳んだ。大跳躍だ。一気に何百メートルも跳ぶ程の。だが、それでもなおバハムートには届かない。

「エアウィンド！」

イルミナは風魔法で俺をフォローする。

「はああああああああああああああああああああああああ！」

俺は風魔法に乗り、バハムートまで到達する。

「はあっ！」

俺はバハムートを斬った。俺の攻撃であったのならばバハムートの防御スキルを貫くことができた。何とかダメージを与える。

「や、やりました！　フィルド様！」

ルナシスが喜ぶ。

ガアアアアアアアアアアアアアアアアアアアアアア！

バハムートは怒りを撒き散らすように咆哮した。

俺は着地をした。

「だめだっ！　ダメージは与えられてても、相手のＨＰが膨大すぎる！　ただ怒らせただけかもしれないっ！」

「そんなっ！　フィルド様でもそうおっしゃるなんてっ！」

イルミナは表情を曇らせる。

「へへっ……好い気味だぜ。けどこのままここにいたら俺も死んじまうからな。ここら辺でお暇させてもらうぜ」

クロードは踵を返す。

「ま、待ちなさい！　この卑怯者！」

ルナシスは叫ぶ。

「放っておけ。クロード自体には何の害もない」

「そうですか」

「バハムートを倒した後、考えればいいだけの問題だ」

「へへっ。まだ倒せるつもりでいやがるのか。てめぇはここで死ぬんだよフィルド」

「くっ」

ルナシスは表情を曇らせる。

「じゃあな。先にあの世に行ってろよ、フィルド」

クロードは走り出した。

「あの男、弱いくせに本当にうざったい」

ルナシスは吐き捨て、その表情を歪ませた。

「おーい！　フィルド君、その後の首尾はどうだい？」

レナードが戻ってくる。女の子を安全なところまで逃がし、戻ってきたようだ。

「レナードさん」

レナードは実力者だ。だが、バハムートとの戦闘においては大きな戦力になるとは思えない。

それでも気休め程度にはなる。小さくない動揺を覚えている俺の心を多少は落ち着かせた。

「首尾と言われても。ビクともしませんよ」

「ふーむ。そうか。降参(こうさん)を聞き入れてくれるような、相手かね？」

俺たちは天空を見上げる。

「それは無茶な相談ではないですかね？」

依然(いぜん)として天空に聳える竜王バハムートの姿は健在であった。雄大なその姿はとても人間の言うことを聞いてくれるとは思えない。

モンスターというよりは超常現象のような、そんな気しかしなかった。

イルミナの風魔法の助力を得てバハムートに一太刀(ひとたち)を浴びせた俺ではあったが、結果としては僅かなダメージと引き換えに、バハムートを激昂(げっこう)させてしまうことになった。

「来るぞ」

より本気になったバハムートの攻撃が続く。メキメキとバハムートの身体が変化する。

胴体は巨大さを増し、凶悪な翼はそれぞれに砲門を携えている。

「な、なんなのですか、あれは……」

「フレアの砲門を増やしたんだ」

「あの攻撃が沢山（たくさん）飛んでくるというのですか？」

恐怖状態になっていたイルミナがさらに怯えていた気がする。

「そういうことになるな……」

「そんな、そんなことって……」

嘆きたくなるのもわかる。だが、どうしても避けようのない現実だった。

「来るぞ」

俺は聖剣エクスカリバーを構える。

「ああ……けどフィルド君。何か勝機があるのかい？」

レナードに聞かれる。

「別にないです。というよりひとつだけあるんですが」

聖剣エクスカリバーの切り札である『星落とし（ホーリーブレイカー）』。それならばあのバハムートにもまとまったダメージを与えられるに違いない。だが、あれは正真正銘（しょうしんしょうめい）の切り札だ。

使用した後、俺のＨＰもＭＰも空同然になってしまう。その時、バハムートが生きていたら致命的だ。

なのでできるだけダメージを与えてから最後のとどめとして使用したいと考えていた。

だが、現実としてはダメージを与えたことでバハムートはより苛烈（かれつ）に攻撃をしてくることになる。

これでは先に俺のHPとMPが減ってしまいかねない。そうなれば『星落とし(ホーリーブレイカー)』の威力が減ってしまい、結果としてバハムートを倒すのが困難になってしまう。

この切り札は俺のHPとMPに依存(いぞん)した攻撃なのだ。

「ともかく、それはこの窮地(きゅうち)を乗り切ってからです」

「そうだな。それはその通りだ」

「来るぞ！　ルナシス！　イルミナ！」

「「はい！」」

七つの砲門から放たれる暗黒のフレアにより、王都はより地獄絵図の様相を呈(てい)していた。

無差別に放たれるフレアによって、王都の建物が次々と消失していく。

あれに当たったら大怪我(けが)どころではない。まともな人間なら死ぬだろう。

蘇生効果や回復効果を持っているレナードならともかく、ルナシスとイルミナは特に怪(あや)しかった。

このレベルのプレイヤーでも一撃も耐えられないかもしれない。俺は一撃やそこらなら耐えられるだろうが、耐えたところでそれが勝機に結びつくわけでもない。

だがやり過ごす以外に道がなかった。

放たれた七つの砲門からのフレアの破壊力は想像以上だった。一瞬にして街がなくなっていくような、恐ろしい光景。

　完全な天災だった。もはやバハムートはモンスターなどではない。神に近い、絶対に逆らってはいけないそういう恐ろしい存在なのだと思い知らされた。

　結果として、俺は防御スキルである『アヴァロン』を使用せざるを得なくなる。

　俺のＭＰは空になった。

「はぁ……はぁ……はぁ」

　俺は肩で息をする。

「自分の無力さをこれほど痛感したことはありません」

　ルナシスは嘆いた。

「嘆くことはない。ルナシス。あんな化け物、手も足も出ないのが普通だ」

「ですが、フィルド様のお役に立ちたいのに。これでは完全に足手まといではないですか」

「それもそうだな」

「ひ、否定してはくれないのですね」

　ルナシスは余計に嘆く。

「そこはまあ、実際そうだし。だが、安心していい。さっきも言っただろ。こんな化け物の相手ができないのは仕方ないって」

「ですが、私だって囮（おとり）ぐらいにはなれます」

ルナシスは駆けだす。

「ま、待て！　ルナシス！　お前、勝手に動くなっ！」

バハムートの砲門がルナシスを捉えた。

瞬間。

ルナシスにフレアが放たれる。

「えっ!?」

「ちっ！」

俺は駆けだした。ルナシスは強く瞳を閉じた。

しばらくして、痛みも衝撃もなかったことに驚きつつ、ルナシスが瞳を開く。

「フィルド様!!」

俺はバハムートのフレアを食らった。ルナシスを庇ってダメージを受けた。幸い俺のＨＰと防御力なら死にはしないようだ。

「大丈夫か!?　ルナシス」

だが大ダメージは負った。背中が焼かれている。

「フィルド、様、どうして!?　どうして私を庇ったのですか!?」

涙さえ浮かべながらルナシスが訴えてくる。

「私なんて、フィルド様にとってはお邪魔じゃなかったんですか。フィルド様は一人でいたいのでしたら、私などお邪魔な存在でしかないはずです。なのに、どうして!?」

「わからない。何となくだ。強いて言うなら身体が動いただけだ」

「身体が動いたって？」

「自分でもわからないんだ。だから理由を求められても俺が困る」

「……け、けど」

「さて」

俺は満身創痍になった身体を引きずり、バハムートへと向き合う。

「それでも、こいつを何とかしなきゃな」

天空に聳える漆黒の竜は依然健在。その威圧感は低下していない。むしろ増しているくらいだ。

状況は最悪だ。

何も勝機が見えない。

ここで俺は終わるのか……。そう思わざるを得なかった。

その時だった。どこからともなく歌が聞こえてきた。それは実際の音による歌ではないかもしれない。

もっと精神的な、霊的な波動がここまで伝わってきたような、そんな気持ちになった。

「これは……」

「エルフの国の方角から伝わってきています。祈りの歌です」

エルフの国。俺がルナシスと行った国だ。短いながらも色々なことがあった。騎士団とギガレックスを討伐しに行った、そして膨大な経験値を得た。

さらにはそれをエルフの民に分配することで森の魔力が回復し、エルフの国は救われることになった。

ここにいるイルミナもその結果救われた命のひとつだ。

俺の危機を何らかの力で察して、それで祈りでも捧げてくれているのか。

……かもしれない。

だけどそれが今の状況に何の意味が。その時だった。俺の頭の中にあるひらめきが訪れる。

「そうだ！　思いついた！」

「なっ、何を思いついたのですかっ⁉　フィルド様‼」

「俺のポイントギフターとしての能力をだよ。俺のポイントギフターとしての能力は経験値を分配する時はある程度近い場所にいなければならない。だけど、経験値を返してもらう時はその限りではない」

「経験値を返してもらう？」

「ああ。ギガレックスから得た膨大な経験値を俺はさらに10倍にしてエルフの民に分け与えた。その経験値を返してもらうんだ。そうすれば俺は膨大な経験値を得て、その結果今以上にLV

アップすることができる」

「ただでさえ高いフィルド様のＬＶがさらに高く」

「そうなれば、あの竜王バハムートが相手でも」

二人は驚いていた。そして絶望に染まっていたその目に希望の光が宿り始める。

「ああ。勝てるかもしれない」

それは勝機が見えた俺も同じだ。依然としてバハムートの存在は健在。

だが、俺の中に確かな希望の光が宿り始めた。さっきほどバハムートから恐怖を感じなくなってきた。

「見ていろ、竜王バハムート」

俺は宣言する。

「とびっきりの逆転劇を演じてやるからな」

余裕を取り戻した俺の表情からは笑みすらこぼれそうになった。

「経験値返却ポイントリターン」
俺はエルフの民に分配した経験値を返却してもらう。エルフの国から大量の経験値が俺の身

体に流れ込んでくるのを感じた。
「なんだ、これは」
その瞬間、自分の中に物凄い力が流れ込んでくるのを感じた。俺は自身のステータスを解析する。
ＬＶ３００　ＨＰ３００００　ＭＰ２００００
攻撃力：９５８９
防御力：９３４０
魔力：９３２０
敏捷性：９４０５
なんだ、このステータスは。今までの俺だって人類を遙かに超越した恐ろしいＬＶとステータスの持ち主だったはずだ。
だがこれはさっきまでの俺すら超越する程の圧倒的なものだった。
これならきっとあのバハムートでも届く。あいつを倒し尽くすことができる。間違いない。
そう思うとあのバハムートが恐ろしい存在ではなく、ただの普通のドラゴンにしか見えなくなってきた。
倒せない絶対的な存在から『倒し得る存在』へと格下げされたからだ。
俺はエクスカリバーを天高く掲げる。

「星落とし（ホーリーブレイカー）」

そしてEXスキル『星落とし（ホーリーブレイカー）』を発動させる。

「すごい、フィルド様、以前見た時よりも物凄い聖なる光です」

「この技で、大型のモンスターを倒されたのですか」

「すごい光だ……聖剣エクスカリバーにはこんな秘められた力があるのか。いや、フィルド君の力がそれだけ物凄いせいもあるが」

三人は感嘆（かんたん）した様子で述べる。俺の剣——聖剣エクスカリバーからは膨大な聖なる光が放たれた。そしてそれは光の柱となり、きっと世界中どこからでも見上げることができるであろう。

ガアアアアアアアアアアアアアアアアアアアアアアアアアアアアアアアアア！

異様な程の気配を感じたからか、バハムートが咆哮をあげる。その咆哮にかつて程の威圧感はなく、俺には悲鳴をあげているようにしか聞こえなかった。

「行くぞ！　竜王バハムート！　お前との喧嘩（けんか）もこれで終わりだっ！」

俺は天高く掲げた聖剣エクスカリバーを振り下ろす。

「ホーリーブレイカ——————————————————！」

膨大な聖なる光がバハムートを呑（の）み込んでいく。

ガアアアアアアアアアアアアアアアアアアアアアアアアアアアアアアアアアアアアア！

　バハムートが断末魔のような悲鳴をあげる。聖なる光が王都アルテアに降り注いだ。

　巨大な土煙が巻き起こる。そして、それが収まった時、バハムートが存在していた天空には何も存在しなくなっていた。

　そして天空を覆っていた厚い雲も、ホーリーブレイカーにより晴れたようだ。一気に快晴の青空が見えてくる。眩いばかりの光が差し込んできた。

　その光と青空は俺たちの勝利を祝福しているかのようだった。

「た、倒されたのですか？　フィルド様は」

「ま、まだ現実味を感じていないですが、どうやらそのようです」

「やれやれ。僕はとんでもない男に目をつけてしまったようだな」

　三人はまだバハムートが倒されたということを実感できてなかったようだ。

「ルナシス、イルミナ……」

「「はいっ！」」

「倒れて気を失いそうだ。俺を支えてくれ」

　ホーリーブレイカーを使用後の俺はＨＰもＭＰも空に近い状態になる。そのため、いつ気を失ってもおかしくない。

「わかりました！　フィルド様」

　ルナシスが俺に肩を貸し、支える。

「イルミナ！　フィルド様に回復魔法をかけてあげて」

「わかりました！」

イルミナは俺に回復魔法をかける。

「回復魔法（ヒーリング）！」

俺のＨＰは癒やされていく。膨大なＨＰゆえ全快はしないが、それでも歩くのに問題がないくらいには回復していった。

「ありがとう。イルミナ」

「いえ。我々を救った英雄のフィルド様に対して、当然の行いです」

イルミナは笑みを浮かべる。

「さて、これからどうするか」

俺は頭を悩ます。ポイントギフターの経験値を分配する能力は、実際に近くにいないとできないんだよな。経験値を返してもらったことで、エルフの森の魔力が枯渇（こかつ）したことだろう。

つまりは元通りになったということだ。これからドワーフ国に行くつもりだったけど。

「ルナシス、イルミナ。予定変更だ。ドワーフ国に行くより前にエルフの国に経験値を返しに行くぞ」

「「はい！」」

「待ってくれ!!　フィルド君!!」

その時だった。俺はレナードに呼び止められることになる。

「待ってくれ！　フィルド君！」

「ん？」

俺はレナードに呼び止められた。

「さっきの勧誘の件だ」

「勧誘ですか⁉」

「ああ。君の力が必要なんだ‼　さっきの闘いを見て余計に確信を持った。君の力は我々『白銀の刃』に必要なんだっ！　君の望むものは何でも実現させよう！　金でも地位でも名誉でも！　欲しいものは何でも渡すことを僕が誓う‼」

レナードは頭すら下げてきた。

「だからお願いだ‼　フィルド君、僕たち『白銀の刃』に加入し、ギルドを世界一にしてくれ‼　そして君の力でより良い方向に世界を変革していってくれ‼　君の力があれば僕はきっと理想を実現できるはずだ‼」

レナードが熱烈に俺を勧誘してきた。『栄光の光』と入れ替わりに『白銀の刃』は王国内トップギルドになっていた。

ましてやそのギルドオーナーであり、聖騎士（パラディン）として世界的な実力者である。

あのレナード・レオナールからこうまで熱烈に勧誘を受けて、正直に言えば悪い気持ちはしなかった。

心が揺れそうにもなった。だけど俺の答えはもう決まっていた。

「言葉は嬉しいですがレナードさん、俺はそのお誘いを受けれません」

「そうか……残念だ。だけどもしよかったらその理由を教えてくれないか?」

大人しくレナードは引き下がる。

「俺は自由になりたいんです。もっと広い世界、色々な世界を見て回りたい。もっとやりたいことがあるんです。ギルドに縛（しば）られる生活はもうコリゴリなんです」

俺は告げると、レナードは納得したかのように笑みを浮かべた。

「わかったよ。けど、もしやりたいことをやり終えて、見たい世界を見終わったら是非、うちに入ることを検討してくれないか?」

「はい。わかりました。その時が来ましたら是非検討させてもらいます」

「その時が来ることを祈っているよ。僕はこれからまた用があるんだ。そろそろ失礼するよ。それじゃあ、君たちの今後の幸運を祈っているよ」

レナードは俺たちのもとを去って行った。

「思っていたよりあっさりと引き下がりましたね」

「俺の心がぶれないってことを理解したんだろうな」

「それよりフィルド様、エルフの国へ向かいましょうか」

「ああ。向かおうか」

俺たちはエルフの国へと向かった。こうして王都アルテアを襲撃した大きな混乱は一応の治まりを見せたのである。

◇【追放者サイド】

「な、なんだっ！　あの光はっ！」

バハムートを召喚し、その後の後始末など何一つ責任を取らず、クロードは逃げ出していた。

そして何とか王都を抜け出し、どこかへ逃げ延びれるかというところだった。幸い、クロードの捜索をしていた警備兵たちは突如現れたバハムート及びパニックになった住民の対応に追われ、正直クロードどころではなくなっていたためだ。

そんな時のことだった。

王都アルテアから膨大な光が天空へと伸びていった。

「な、なんだっ!?　なんなんだっ!?　あの光はっ!?」

クロードは大慌てした。だが、できることなどひとつもない。

そして、突如発生した爆風に吹き飛ばされた。恐らくはあの光と関係しているに違いない。

「うわああああああああああああああああああああああああああ！」

クロードは近くの大木に頭をぶつけた。頭からは鮮血が流れる。

だが、何とかクロードは一命を取り留めた。

「ち、ちくしょう！　これも全部、フィルドのせいだっ！　あのくそ野郎!!」

何とか地面に這いつくばりつつ、それでもフィルドに対する恨みは忘れていなかった。

「ぜ、ぜってぇ、やり返してやる。仮にあいつが生きていたとしても、絶対に俺が恨みを晴らしてやる。『栄光の光』が潰れたのも、俺が役員連中を殺さなきゃいけなかったのも、全部あいつのせいだ。フィルドが悪いんだ」

身勝手な恨みを抱きつつ、クロードはフィルドに対する復讐を諦めてはいなかった。

「ぜ、絶対にやり返してやる。どんなことをしてでも必ず」

レベルもギルドも仲間も失い、それでもクロードは地べたを這いつくばって。

フィルドに対する恨みを果たそうとしていた。身勝手な動機ではあるがそのエネルギーの膨大さだけは実に見事であった。

◇【フィルド視点】

俺たちはエルフの国にたどり着いた。

前に行き来した道なので気分的には最初より楽だった。知らない道よりも行ったことのある道の方が要領がわかっているので心理的に楽なのである。

「お、おお！　フィルド殿ではないかっ！　それにルナシスとイルミナもっ！」

「皆様！　ご無事でしたかっ！　我々もエルフの民も皆様のことを心配していたのですよ！」

国王と王妃が俺たちを出迎えてくれた。それからエルフの民もだ。

「皆……けどどうして」

あれだけ離れた距離にありつつ、一体どうして王都のことを知れたのか。それが気がかりだった。

「何となく、感じたんじゃ。民がざわめきだしてな」

「ええ。それできっとフィルド様に何かあったのではないかと考え始めたのです」

「当然、わしらには何もできない。だから祈ることにしたのじゃ」

「そうです。私たちにできるのは祈ることだけ。そしてその祈りがフィルド様のところまで届いたようで何よりですわ」

国王と王妃は笑みを浮かべる。

「ありがとうございます。皆様の祈りが俺のところまで届きました。そのおかげで窮地を脱せれたようなものです」

「けど、フィルド様、どうしてそんなことが起きたのでしょうか？」

「これは仮説なんだが、俺が分配した経験値は無意識レベルで俺と繋がっているんじゃないか？」

「繋がっている？」

「恐らくは俺が分配した経験値は俺が死ぬと消失するんだ。俺に死なれると何かと困るわけだ。だから無意識下で繋がっているエルフの民が、俺の危機を察することができた。そして、その祈りが俺のいるところまで届いた」

「そんなことが……」

　イルミナは感嘆した様子で呟く。

「全ては推論の域を出ない。証明のしようがない。重要なのはひとつだけだ。俺たちは窮地を脱しエルフの国に戻ってこれた、それだけだ」

「そうですね。フィルド様」

「そうです、お姉様。無事エルフの国に戻ってこれたのだから、それでいいのではないですか？」

「それで、フィルド殿。どういうわけかはわからないが、こうしてルナシスとイルミナを連れて帰ってきてくれたということは」

「ルナシスとイルミナと結婚し、我がエルフの国に骨を埋める覚悟ができたということですね？」

「い、いやっ！　お、俺は！　単に返してもらった経験値をまた分配しに来ただけです！　経験値を返さないとまたエルフの国が大変になるんじゃないかってっ！　森の魔力が枯渇してっ！」

「さあ、フィルド殿。こっちに来ないか。式の準備は整っているのだぞ」

「ルナシス、イルミナ。フィルド様と幸せになってね。ぐすっ」

王妃は涙を流していた。

「はい。お母様！　私たち、フィルド様と幸せになりますっ！」

ルナシスとイルミナは笑顔で答えた。

「の、乗るなっ！　この親父（おやじ）を何とかしろっ！」

「さあ、頼むぞっ！　未来の国王よっ！　わしの後を引き継げるのは英雄であるフィルド殿だけなのだからなっ！」

結婚。それはつまりその人と繋がれる、隷属（れいぞく）契約である。つまりは縛られるということだ。

ルナシスだろうがイルミナだろうが、俺は縛られるのは御免（ごめん）だ。

俺は自由を愛する。一人でいたいんだ。

「だから!!　俺は一人でいたいって言ってるだろうがあああああああああああああああああああああああ!!」

俺の大きな叫びはエルフの国中に響く程であった。

あとがき《九十九弐式》

はじめまして。一応は共著企画である本著が商業出版デビューとなる九十九弐式と申します。本著の執筆担当者です。まずはこの共著企画の経緯なんですが、元々はすかい先生がpixivfanboxで行っていたフルサポートプランという、ファンサービスがきっかけでした。

元々は別のコミュに所属し、仲間たちと切磋琢磨していたのですが、中々、「小説家になろう」の日間ランキングで勝ち切れずにいました。そこですかい先生の門戸を叩いたというわけです。

その時の作品は宮廷ドクターという、すかい先生が宮廷テイマーで作られたムーブメントに乗った作品になりました。その作品で添削をしてもらっているうちに共著の話が出たというわけであります。その共著企画が本著『ポイントギフター』です。他社様の出版物で共著企画である『竜国』も出ていますが、出版都合の関係で前後してしまいましたが、ウェブ掲載や本格的に出版が決まったのはこの『ポイントギフター』が第一号だったという形になります。

最終的には上手くいった共著企画ですが、始めた頃は難儀した部分は多かったです。すかい先生から頂いたプロットの情報量はそれほど詳しいものではなく、ざっくりとしたものでして、設定なども事細かく決まっていたわけではありません。その結果、執筆途中で齟齬が生じてしまい……今となってはそれが共著の面白いところだったと思えるかもしれませんが、私はヒロインである剣聖ルナシスのことを「人間種の剣聖ヒロイン」という、認識で書いていたのですが、エルフの国編に差しかかったところで「ルナシスはエルフなんですよ」とすかいさんに言われ「え!?　ルナシスってエルフなんですか!?」と、驚いたことがあります笑。

そんな状況でお互いに試行錯誤しつつ、製作された本著ですが、楽しんでいただけたら幸いです。

それでは謝辞を。本著を出していただいた集英社ダッシュエックス文庫様。そして尽力して頂いた担当編集様。素晴らしいイラストを描いてくださった伊藤宗一様。そして何より、共著の協力者でもあるすかいふぁーむ先生。ウェブ連載の頃から読んで頂き、支えてくださった読者様。

皆様に深く感謝の言葉を申し上げます。

また、本著は双葉社様の方からコミカライズも予定されています。それも楽しみにしていて頂ければ幸いです。私は何よりも楽しみにしています笑。

それではまたの機会に創作物を通じてお会いできることを祈っております。

九十九弐式

あとがき《すかいふぁーむ》

原案を担当したすかいふぁーむです。九十九先生が経緯を一通り説明してくださったので書くことがないのですが、私も二ページあるということで何か書ければと思います。

共著という形式でＷＥＢサイトを経由して出版というパターンは友人作家が行っていたのでそこからアイデアを頂いたものでした。

ＷＥＢサイトで人気を取ると書籍化への道が拓けるという状況だった当時、私はこの方向性で書けばいけそうだけど時間が足りない！　というアイデアがいくつかあり、またＷＥＢサイトの流行の移り変わりは非常に速いので、もったいないので他の人に書いてもらおう、という形ではじめました。

九十九先生はそこまでにいくつか添削を行う中で作風や執筆ペースがわかっていたのでこの情報でこの方向でいけばいけるだろう、という勝算を持って臨んだ共著でした。

幸いＷＥＢ連載における読者の受けは良くこうして出版へと至りましたが、九十九先生が書かれているように最初からとんとん拍子というわけではありませんでした。

執筆時に出てくる癖や書きたい方向性をなるべく潰さないようにしつつ、押さえておかないと読者の期待に応えられない部分はしっかり押さえて、というバランス感覚が難しく、プロットを渡して、添削して……という中で色々頭を使いました。

そのせいで九十九先生が苦労したエピソードを書かれてましたが……すみません（笑）

さて、最後になりましたが謝辞を。

イラストを担当いただいた伊藤宗一様、編集さんからイラスト届くたびテンションが上がっていました！　素敵なイラストをありがとうございます。

また担当編集Hさんはじめ、関わっていただいたすべての皆様に感謝を。

そして九十九先生、執筆担当いただきありがとうございました！

何より最後に、読者の皆様に最大限の感謝を。

ありがとうございました！


またお会いできることを願っております。

すかいふぁーむ

この作品の感想をお寄せください。

あて先　〒101-8050　東京都千代田区一ツ橋2-5-10
集英社　ダッシュエックス文庫編集部　気付
九十九弐式先生　すかいふぁーむ先生　伊藤宗一先生

ダッシュエックス文庫

ポイントギフター《経験値分配能力者》の異世界最強ソロライフ
～ブラックギルドから解放された男は万能最強職として無双する～

九十九弐式
すかいふぁーむ

2022年1月30日　第1刷発行
2022年2月23日　第2刷発行

★定価はカバーに表示してあります

発行者　瓶子吉久
発行所　株式会社　集英社
〒101－8050　東京都千代田区一ツ橋2－5－10
03(3230)6229(編集)
03(3230)6393(販売／書店専用) 03(3230)6080(読者係)
印刷所　大日本印刷株式会社
編集協力　蜂須賀隆介

ISBN978-4-08-631450-3 C0193